선영이의

거짓말

선영이의 거짓말

초판 1쇄 인쇄 2019년 11월 21일
초판 1쇄 발행 2019년 11월 27일

지은이 김민준
책임편집 정지연
디자인 그별
펴낸이 남기성

펴낸곳 주식회사 자화상
인쇄,제작 데이타링크
출판사등록 신고번호 제 2016-000312호
주소 서울특별시 마포구 월드컵북로 400, 2층 201호
대표전화 (070) 7555-9653
이메일 sung0278@naver.com

ISBN 979-11-90298-21-6 03800

이 도서의 국립중앙도서관 출판예정도서목록(CIP)은 서지정보유통지원시스템 홈페이지
(http://seoji.nl.go.kr)와 국가자료공동목록시스템(http://www.nl.go.kr/kolisnet)에서
이용하실 수 있습니다(CIP제어번호: CIP2019046598).

선영이의

거짓말

김민준 장편소설

자화
상

차례

살아 숨 쉬는 모든 존재에게

삶이 지니고 있는

그 어쩔 수 없는 슬픔들이

아늑하게 서려 들며 치유의 메시지가 되기를

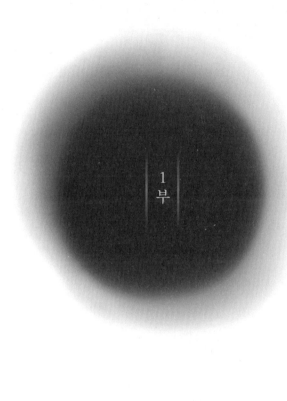

1부

1.

창백해진 손바닥에서는 또 땀이 난다. 역시나 특별한 원인이 있는 것은 아니다. 감정적인 자극에 의해서 몸에 땀이 나는 것은 지극히 정상이니까. 하지만 원하지 않을 때 이루어지는 신체의 변화, 마음의 동요 같은 것들은 늘 그녀를 당혹스럽게 한다. 마찬가지로 몸이든 마음이든 뒤척이는 새벽을 꾹꾹 눌러 담은 듯 눅눅한 것은 그리 좋지 않다. 문을 열어 밖으로 나서기 전, 거울을 보며 깔끔하게 정돈해놓은 자신의 모습에서는 그리 다정하다고는 말할 수 없겠지만 그런대로 말쑥해 보이는 정도로, 평균에 어긋나지 않는 무드가 느껴졌다. 버스를 타고 면접장으로 가는 길, 역시나 그녀의 손에서는 계속해서 땀이 난다. 손수건을 손바닥으로 조물조물 만지작거리며 이따금, 질서 정연하게만 이어져온 그녀의 삶에는 어쩐지 기다란 그늘처럼 그 속을 알 수 없는 서늘함이 내려앉아 있다는 것이 느껴졌다. 이 감정은 무엇을 의미하는 것일까. 이제는 대체로 잘 알지 못하는 자신의 마음에 대해 너무 쉽게 단념해버리고 만다.

─간단하게 자기소개를 부탁드립니다.

면접관의 담담한 태도에 되레 긴장이 되어서 선영은 잠시 시간을 멈추고 화장실로 가 손을 씻고 싶다는 생각을 했다. 텅 빈 곳에서 문을 닫고 준비해 온 말들을 몇 번 되풀이하는 연습을 더 하고 싶은 충동을 느꼈다. 신중하게 어휘를 고민하는 사이, 어느새 자신의 차례가 바로 앞까지 다가왔다. 하지만 결국 더듬더듬 연극 대사를 어렵사리 떠올리고 있는 배우처럼 어설프게 그 상황을 겨우 모면하는 수준으로 말을 하고 만다. 이윽고 조용히 한숨, 주변의 이야기 소리들이 조금씩 멀어지더니 필요 이상으로 흥건하게 젖어가는 손바닥을 어루만지자 그만 핑— 어지러움이 그녀를 끌어안았다.

선영은 자신이 언제나 조금 다른 존재라고 생각했다. 우월하다거나 열등하다는 개념이 아니라, 어딘가 조금 현실과는 어긋나 있는 사람이라고 말이다. 그녀에게는 몇 가지 말못 할 비밀들이 있다. 아마 누구나 그렇겠지만 그러한 고민은 밖으로 꺼낸다고 해서 쉽게 해소되는 것이 아니다. 어렸을 적에 선영의 아버지는 종종 말씀하셨다. 가능한 한 영영 비밀로 남겨둬야 그나마 평범한 인간으로서 살아갈 수 있는 부류의 근심들이 있다고. 그 비밀들을 켜켜이 쌓아 올리며 아슬아슬하게 균형을 유지하고 있는 것이 어쩌면 보통 사람이라고 말해야 할까.

그녀는 대학을 졸업하고서는 몇 해째 꽤나 위태로운 삶을 지탱해오고 있다. 아니, 지금까지 살아온 모든 시간이 어딘가 조금 기울어져 있다고 말할 수 있겠다. 그럭저럭 빈틈없이 평범한 사람의 기준은 다 갖춘 사람이지만 매번 사회 구성원으로서 제 몫을 할 기회를 부여받지 못하고 있다. 가끔 그런 생각을 하면 그녀의 마음은 내려앉는다. 이 세계에 내 자리는 존재하지 않는 게 아닐까, 그러한 생각이 그녀의 주변을 배회한다. 아득하게 펼쳐진 갈 곳 없는 한 명의 비밀스러운 인간이 끝내 누구에게도 알려지지 않은 채로 생을 마감하고 마는 것은 아닐까, 두려움이 곧잘 그녀를 에워싸곤 한다.

선영은 꿈이라고 할 만한 거창한 것은 지니고 있지 않다. 호기롭게 독립을 했으니, 이제 적당한 일을 해서 그에 알맞은 대가를 받고 대체로 평범한 하루들을 살아내면 그뿐이다. 하지만 어째서일까. 별다른 의욕이 생겨나지 않는다. 구직 활동을 한다거나 면접이라도 보게 되는 날이면 허리를 꼿꼿이 세우고 성실한 눈빛을 유지하려다가도 이내 '이 무슨 무의미한 시간 죽이기인가' 하는 생각이 들어 머릿속으로는 벌써 '무언가 보람 있는 일을 하고 싶어'라고 현실을 우회하여 전혀 다른 방향으로 내달리고 만다.

아마도 생각이 마음의 저편으로 떠나 있는 상태는 눈빛을 통해 곧잘 드러날 수밖에 없을 것이다. 생기를 잃은 눈동자는 타인에게 그리 매력적인 모습으로 각인되지 않는다. 어쩌면 면접관들은 그런 선영을 수상쩍게 바라보았을 수도 있겠다. 오늘은 면접관 중 한 명이 선영의 이력서를 보고는 다소 빈정대는 어투로 말했다. "특별한 것은 없네요." 그럴 때마다 그녀는 울컥 자신의 비밀을 말하고 싶어진다.

—초능력이 있습니다. 비록, 쓸모는 없지만.

타박타박 집으로 돌아오는 길에는 꽃들이 가득 피어 있다. 이제 봄이 다가오고 있다고, 어쩌면 한참이나 오래전부터 그녀를 제외한 모든 세계가 이렇게나 활짝, 조금은 격앙된 어조로 자기다움을 번역하고 있는 것 같다. 그 안에서 선영은 제법 움츠러든 채로 뻣뻣하게 굳어가고 있다. 아까 미처 다 뱉어내지 못했던 한숨을 연거푸 날려 보내며 마음속으로 무엇에라도 나름의 애착을 지니고 싶다고 읊조려본다. 그러면서도, 이 생각들이 다소 억지스럽게 보인다고 해도 어차피 삶은 다 제멋대로 흘러가는 것일 뿐인데. 어쩌면 스스로가 너무 평범한 삶에 안주하기를 희망하고만 있는 건 아닌가 하는 생각마저 들었다. 그녀는 스스로 그 단어를 발음해본다. "너무, 평범한." 하지만 어째서 부정의 의미처럼 다가오는 걸까. 그것은 그녀가 간절히 바라는 세계다. 비범한 위인이 되기보다 너무 평범한 나날에 안주하는 것. 그리고 그 평범함 속에서 우열을 가리기 어려울 정도의 평범한 사람을 만나, 지나치게 평범한 사랑을 하면서 나이 들어가는 것. 그러나 그녀가 생각을 하면 할수록 자신은 아직 평범함에 진입하기에는 한참이나 먼 거리에 도태되어 있음을 느끼게 될 뿐이었다.

집으로 돌아와서 선영은 옷을 갈아입고 한바탕 달릴 준비를 했다. 흠뻑 땀이라도 흘리면 이 시간을 조금은 성실히 지나왔다는 기분이 들어 몇 번 뒤척이지 않고도 잠을 청할 수가 있을 테니. 그런데 계단을 내려와 쌓아둔 쓰레기들을 분리수거하던 중, 어딘가 위태로운 장면이 그녀의 눈빛을 사로잡고 말았다. 작은 어항 속에 이름 모를 물고기가 동동 배를 하늘로 드러내놓고서 떠다니고 있었던 것이다. 선영은 꽤나 초조함을 느꼈다. 어쩌면 이미 숨을 거둔 것일까. 생의 마감을 마주하는 그 순간이 안타까움과 거북스러움으로 마음 안에서 뒤엉키어 어쩔 줄을 모른다. 마침내 선영은 용기를 내어 어항 속에 검지를 담그고 집중했다. 하늘하늘거리며 하늘로 날아가는 풍선의 이미지 같은 걸 떠올리는 것이다. 그러면 이내 공기 방울이 그녀의 손끝에서 피어오른다. 이러한 것도 재능이라면 재능일 수 있을까, 쓸모는 없지만 선영에게는 초능력이 있다. 늘 축축하게 땀이 흐르는 그녀의 손에서는 이따금 추억과 함께 작고 둥글게 맺힌 공기 방울들이 투명하게 날아오른다.

아직 늦지 않아 다행이었다. 물고기는 능숙하게 입을 뻐끔 거리며 튕겨 나가듯 어항을 한 바퀴 빙글 돌았다.

'이런 나도 도움이 될 때가 있네.'

선영은 속으로 그러한 생각을 품었다. 어렸을 때 공원에서 아버지와 산책하다가 주변 아이들이 비눗방울 놀이를 하는 것이 부러워 선영은 후— 하고 자신의 손가락에 대고 입바 람을 분 적이 있다. 놀랍게도 그때 그녀의 손에서 공기 방 울이 스멀스멀 석양을 향해 날아오른 것이다. 처음 선영과 그녀의 아버지는 그것이 초능력이라기보다는 자신들 수준 으로는 이해하지 못할 과학의 일부인 줄 알았다. 아버지는 어떻게든 그 상황을 설명해내기 위해서 노력했다. 하지만 결국 그 현상을 설명할 방도는 없었다. 어쩔 수 없이 두 사 람은 그것을 서로만 아는 비밀로 간직하기로 했다.

선영은 그 무렵부터 자신이 초능력자임을 실감했다. 그러 고선 어쩌면 하늘을 날 수도 있을 것 같은 마음이 들어 높 다란 나무 위로 올라가 펄쩍 뛰어본 적도 있다. 그 결과로 얻은 것이 인생에서 경험한 첫 번째 골절이다. 그 능력은 그렇게 요긴하게 쓰일 만한 것이 아니었다. 지면으로 힘껏 뛰고 난 이후 두 발에 어떠한 무게도 느껴지지 않자 선영은 말 못 할 두근거림에 휩싸였으나 실상은 그저 떨어지는 중 이었을 뿐, 날 수 있다는 희망 같은 건 전혀 찾을 수 없었던 것이다. 한동안은 깁스를 하고 병원에서 남모르게 공기 방울을 부는 것으로 심신을 달래야만 했다. 이후 조금씩 나이를 먹을수록 공기 방울 같은 건 기껏해야 풀밭에 앉아 흥취를 돋우는 도구일 뿐, 자신의 삶에 그 능력은 그리 큰 메리트가 되지 않는다는 사실을 실감할 수밖에는 없었다. 선영은 어항 속의 물고기를 근처 정육점 마당에 있는 연못에 몰래 방류했다. 그것이 그녀가 할 수 있는 최선이었다. 하지만 분명 보람이란 것을 느꼈다. 영웅이라도 된 기분, 마음이 홀가분해서 그날 밤 평소보다 한참을 더 달렸다. 한껏 땀을 흘리고 난 뒤로는 너털너털 집으로 돌아오는데 길 언저리에서 안타깝게도 고양이 사체를 보고 말았다. 그녀는 개운했던 기분이 그만 한순간에 처연함으로 뒤바뀌고 있음을 알 수 있었다. 언제나 그렇다. 평화만큼 연약한 것은 또 없다.

집으로 돌아와서는 여느 날처럼 일기를 썼다. 세세하게 기록하기에는 오늘 감정들이 다소 복잡하여 선영은 짧게 몇 자를 적고는 펜을 내려놓았다.

"오늘 본 면접에서도 아마 떨어지고 말 것이다. 무엇 하나 특별할 것 없는 내가, 평범한 자기소개마저도 너무 서툴렀으니까. 자꾸만 다음을 말하면서도 자신감이 줄어드는 것 같다. 작년까지만 해도 이번엔 꼭, 이란 말이 내 마음속에 강한 의식으로 자리하고 있었으나 그것이 이제는 다음으로 미뤄지고 만 것이다. 다음이 그다음이 되고, 마침내 먼 훗날이 되지 않기를 바랄 뿐이다."

그녀는 찝찝한 기분을 잊기 위해서 크게 음악을 틀어놓고 가만 웅크려 있었다. 동시에 그녀는 깨달았다. 자기 내부에서 흘러나오는 이 슬픔이 어떠한 외부의 소음보다도 큰 울림을 지니고 있다는 것을. 선영은 테이블 위에 올려져 있는 탁상 거울을 물끄러미 들여다보았다. 그녀의 얼굴에 시간의 흔적이 묻어나면 묻어날수록 어쩐지 자신의 가치가 조금씩 희미해져가는 건 아닐까, 퍽 두려워지기도 했다.

방 안에는 "괜찮아요. 당신의 잘못만은 아닌걸요" 하며 두루뭉술한 위로 같은 가사들이 흘러나오고 있었다. 하지만 그날 어떠한 노래도 그녀의 심란함을 깊숙이 안아줄 수는 없었다. 송골송골, 손에서는 또다시 땀이 맺히고 있다. 그녀는 자신의 의지와는 관계없이 감정에 예민하게 반응하여 피부를 적시는 다한증을 앓고 있다. 언제부터 그러한 증상이 있었는지는 모른다. 아마도 그건 어느새 그녀가 잘 울지 않는 어른이 된 이후부터인지도.

3.

얼마 전부터 동네에는 이상한 소문이 돌기 시작했다. 벌써 몇 년째 재개발 중단으로 만들어지다 만, 폐허처럼 남아 있는 건물 단지에서 밤마다 귀신이 등장한다는 것이다. 본래 그 구역은 쓰레기 매립지였는데, 그곳을 대규모 공동 주거 공간으로 개발하다가 어째서인지 몇 년째 정체되어 있는 상태다. 듬성듬성 드러난 철골들은 흡사 무너져 내린 건물의 잔해처럼 보이기도 하고, 아직도 그 부근에서는 악취가 나기 때문에 사람들은 그곳을 동네의 흉물처럼 여기곤 했다.

선영은 처음 그 소문을 듣고 어느 동네에나 있는 근거 없는 귀신 이야기 정도로 여겼지만, 언제부터인지 괴담은 장을 보는 몇몇 아주머니 사이에서 화젯거리가 되더니, 이제는 놀이터에 있는 꼬마들도 "쓰레기장 귀신이다!" 하고 소리를 지르며 술래잡기를 할 만큼 유명한 이야기로 번지고 있었다. 그리고 귀신을 보았다는 사람들은 놀랍게도 대부분 그 차림새나 행동을 비슷하게 묘사했다. 종종 선영은 조깅을 하면서 그 지역 부근까지 도달하곤 하는데 아직까지는 한 번도 쓰레기장 귀신 같은 건 마주친 적이 없다. 그녀는 속으로 그건 애초에 소문을 퍼뜨린 사람의 말이 너무 강하게 각인되어 유행처럼 번진 건 아닌가 하고, 역시나 대수롭지 않게 넘겼다.

"헝클어진 단발머리를 하고서 늦은 밤이면 슬그머니 쓰레기들을 뒤적거리는 쓰레기장 귀신, 그 섬뜩한 눈매가 어찌나 무서운지 눈을 마주친 사람들은 그만 소름이 돋아서 그 자리에 주저앉고 말지."

그런데 이제는 한의원에서 침을 맞다가도 의사 선생님에게 이런 이야기를 듣곤 하는 것이다. 귀신 이야기를 하는 선생님은 얼굴에 흥미로움이 가득해 보였다. 선영은 그 모습을 보면서 괴담의 탄생이 어쩌면 이곳에서 이루어지지 않았을까 하고 생각했다.

"캬아, 역시 침을 놓을 때는 뭐니 뭐니 해도 쓰레기장 귀신 괴담이 제일이라니깐!?"

"그게 무슨 말이에요, 선생님?"

"환자분, 방금 전에 침 들어가는 거 몰랐죠?"

"아…… 네. 몰랐어요."

"바로 그거예요. 사람들이 하도 침을 무서워해서 자꾸 힘을 주니까 괴담이 필요하다, 이 말입니다!"

"침을 무서워하지 않게 하려구요?"

"날카로운 침을 보면 좀 무섭죠? 근데 그보다 더 큰 두려움을 이야기하다 보면 말이에요. 이 작은 침 하나쯤이야 별 볼일 없게 느껴진다니까요."

한의사 선생님의 말씀은 실로 일리가 있는 것이었다. 공포의 한계점을 늘려가며 바로 눈앞의 두려움을 완화하는 것, 어쩌면 그것이 괴담의 존재 이유인지도. 생각해보면 이상하게 동네에는 각각 그곳만의 특색 있는 괴담이설들이 있다. 그건 어쩌면 이 각박한 세상을 그럭저럭 버티고 살아가게 하기 위해 그곳 사람들이 만들어낸 기묘한 해결책이 아닐까.

"어라!? 오늘은 손이 좀 덜 습하네요."

선영은 다한증 치료를 위해서 주기적으로 침을 맞고 약을 먹지만 별다른 효과를 본 적은 없다. 하지만 그저 우연인지는 몰라도 분명 오늘은 효과가 있는 듯했다. 두 손을 비비며 확인을 해보니 정말로 땀이 나지 않았다. 되레 보송한 감촉을 느껴서는 간만에 포근한 감각이 어떤 것인지를 깨닫게 됐다.

"역시 괴담이 효과가 있는 것 같아. 다음번엔 또 어떤 도시전설로 치료를 진행해볼까나!"

"아, 그러니까 침이 아니라 괴담 때문에 땀이 멈췄다고 생각하시는 거예요?"

"그럼! 지금껏 침은 많이 맞아봤잖아요. 그치만 이렇게까지 효과가 있었던 적은 없고…… 역시나 무서운 이야기 때문이 아닐까요!? 오호호."

"에이, 설마요!"

"나는 절대로 거짓말은 안 하는 한의사예요. 침 하나로 생명을 구하거나 병을 뚝딱 고치는, 그런 대단한 명의는 아닙니다만……."

이상하게 그때 선생님의 입술에 내 시선은 고정되어 눈을 떼지 못했다. 그 말이 선영에게 닿는 소리가 마치 귓속말을 타고 넘어오는 비밀처럼 작지만 매우 중대한 사실로 느껴졌던 것이다.

"그런 대단한 명의는 아닙니다만…… 내가 알고 있는 도시 전설만 해도 책 한 권은 될 테죠. 후후."

"하하, 무서운 이야기를 좋아하시나 봐요."

"학창 시절에 수집하듯 그런 이야기를 주워 담곤 했죠. 뭐 나름대로 일종의 취미 생활이랍니다."

"그래도 역시 그냥 무서운 소문에 불과하겠죠? 쓰레기장 귀신 같은 건……."

그때 간호사가 커튼을 열어젖히며 선생님을 재촉했다.

"선생님 또 도시 전설 이야기를 하고 있죠? 다른 환자분들 기다리세요."

"아, 미안미안! 이제 막 분위기가 달아올랐는데 이 간호사 도 참! 눈치가 없어!"

"눈치가 없는 건 선생님이에요. 요즘 환자분들은 그렇게 말 많은 의사 선생님을 부담스러워한다구요."

"쳇, 언젠가 이 간호사를 모델로 괴담 하나를 만들고 말겠 어. 각오하라구."

의사 선생님은 이야기가 도중에 끊긴 게 여간 안타깝지 않 은지 장난감을 빼앗긴 어린아이의 표정으로 침을 뽑으며 자리에서 일어났다. 그러다가도 도저히 발길이 떨어지지 않는지 반쯤 고개를 돌려 낮은 어투로 말을 이었다.

"내가 지어낸 말이 아니에요. 쓰레기장 귀신에 대해서는 여기 온 환자분들에게서 귀가 따가울 정도로 들었는데, 어째 괴담치고는 너무 자세하더라니까……. 아무튼 다음 진료 예약은 저기 눈치 없는 이 간호사한테 하시면 돼요."

4.

부모님에게 계속 손을 벌리기가 미안해서 선영은 당분간 괜찮은 회사의 공채 시기가 오기 전까지는 아르바이트를 하기로 마음먹었다. 인터넷에서 이런저런 일거리를 찾아봤지만 대부분은 단기간에 큰 체력을 요하는 일이거나, 일주일을 꼬박 전념해야 하는 일뿐이어서 단순한 파트타임조차 구하는 것이 쉽지 않다는 걸 실감하고 있을 때였다.

비가 내리려는지 유독 밤의 새까만 기운이 두드러지는 날이었다. 러닝을 하고 돌아오는 길에는 가로등에 문제가 있는지 불빛이 들어오지 않아서, 하는 수 없이 선영은 손가락을 펼쳐 들고 어린 시절 시골에서 듣던 풀벌레 소리를 떠올렸다. 그럼 이번에는 손끝에서 공기 방울이 아니라 미세한 푸른빛이 발산되는데 그 모습은 어둠 속에서 희미하게 반짝이는 반딧불이 같았다.

그것은 선영이 가진 초능력 중 그나마 이용 빈도가 높지만 역시나 여간 불빛의 세기는 미약한 게 아니라, 실제로 자신의 앞을 밝혀주는 실용적인 쓰임새보다는 어두운 골목에서도 이 작은 빛이 내 곁에 머물고 있다는 심리적인 위안이 되는 정도였다. 작지만 어딘가 모르게 든든한 그 빛을 뿜어내고 있으면 외로움이 완전히 자신을 사로잡지는 못할 것 같은 느낌이 든다. 그래서인지 선영은 옛날부터 어두운 곳을 두려워하지 않았다.

제법 습기를 머금은 공기 속에서 불이 꺼진 골목길 모퉁이를 지나 공원 입구로 들어갈 무렵, 비둘기들이 떼를 지어 폐사해 있는 것을 보았다. 그 모습은 너무 섬뜩해서 가까이 다가가기 어려울 정도로 난해한 것이었다. 무언가의 주검과 이렇게나 한꺼번에 맞닥뜨린 건 그녀에게 처음 있는 일이었다.

하는 수 없이 공원을 가로지르지 않고 먼 길로 돌아갔다. 그러기 위해서는 쓰레기장 귀신이 출몰한다는 재개발 단지를 지나는 수밖에는 없었다. 어쩐지 오싹한 기운이 감도는 날이었다. 괜스레 스산한 기분이 들어 그녀는 걸음을 재촉했다. 마침내 소문의 장소에 다다랐을 때, 선영은 뜻 모를 호기심에 휩싸여 주변을 유심히 관찰했다. 시간이 멈춰 있는 듯한 기분을 자아내는 장소였다. 곳곳에 붙은 출입 금지 테이프들은 한창 건물이 만들어질 당시의 분주함과는 반대로 침묵을 유지하고 있다. 인기척이 느껴지진 않았다. 역시나 사람들이 그저 지어낸 이야기일 뿐이라고 쓸쓸한 미소를 지으며 나아가는 그때, 왼편으로 나 있는 작은 골목 끝으로 그녀의 시선은 고정됐다.

역시나 조용했다. 아무런 소리도, 움직임도 느껴지지 않았다. 하지만 그 끝에서 마치 세상의 모든 상실이 겹겹이 층을 이루어 마침내 빛마저 삼켜버릴 어둠으로 피어난 듯한 고독을 느꼈다. 간간이 세찬 바람이 불어오는 소리가 창을 흔들었지만, 그것과는 별개로 어떠한 소리도 들려오지 않는 그 어둠 너머의 적막이 비명보다도 더 날카롭게 그녀를 흔들고 있었다.

그 순간 선영은 알 수 없는 두려움으로 집까지 단 한 번도 쉬지 않고 달렸다. 거친 숨이 자신을 집어삼킬 듯했고, 다리가 풀려 당장이라도 고꾸라질 것 같았지만, 결코 뒤를 돌아보지도 않고 그저 손끝에 아직 유효하게 남아 있는 그 작은 빛을 꺼뜨리지 않기 위해서 달리고 또 달렸다. 마침내 집 입구에 도착했을 때에는 과호흡으로 인한 이명이 시끄럽게 그녀의 머리에서 울렸다. 그녀가 잠시 계단에 앉아 숨을 골랐다. 하지만 잔뜩 긴장한 자신의 모습과는 다르게, 거리는 한산하게 걷고 있는 사람들로 가득한 걸 보면서 겨우 스스로를 진정시키려고 애를 썼다.

그저 기분 탓일까. 하지만 일순간 그녀의 머릿속을 스쳐 지나는 것은 요 며칠 벌어진, 평소와는 다른 일련의 장면들이었다. 어항 속에서 죽어가던 물고기, 산책로 옆에서 차갑게 식어가던 고양이, 그리고 공원 입구에서 집단으로 폐사한 비둘기 떼까지. 그 모든 조각이 이상하게 '쓰레기장 귀신'이라는 단어 근처를 배회하고 있는 듯한 기분이 들었다.

이 도시에는 그곳에서 살아가는 이들조차 깨닫지 못할 만큼의 두터운 비밀이 생성되고 있는 것일까. 일련의 사건들,

발길을 멈추게 하는 평범하지 못한 기분들, 그 모든 것은 하나의 큰 사건을 이루는 낱낱의 조각들이 아닐까. 퍼즐 조각을 맞추려면 조각의 모난 구석을 면밀히 들여다봐야 한다. 하지만 그러면서도 이 모든 것이 그저 자신의 예민함에 기인하는 과대망상이 아닌가 하는 생각도 들었다. 어긋난 것은 세상이 아니라 스스로가 세상을 바라보는 방법들일 수도 있을 테니.

가슴이 조금 진정된 이후 선영은 창백해진 얼굴을 두 손으로 감싸 쥐었다. 그리고 그 순간 분명히 깨달았다. 더 이상 손에서 땀이 나지 않는다는 것을.

5.

그날 밤에 선영은 긴장이 풀려서인지 뒤척이지도 않고 아주 깊은 잠에 들었다. 아침이 찾아오자 전날의 미묘한 의혹과 압박감은 온데간데없고 그저 멍하니 앞으로 자신의 살날이 걱정될 뿐이었다. '오늘은 무얼 하며 하루를 보내야 하나'와 같은 생각들이 창문을 통해 스며들어 온 햇살처럼 침대에 누워 있는 그녀의 이마 위에서 아른아른거렸다. 아침거리를 사러 빵집에 들른 뒤, 신호등 앞에서 무가지 신문도 함께 가지고 집으로 돌아왔다. 손을 씻는 사이, 어느새 보슬보슬 빵 냄새가 방에 가득 안겼다. 갑자기 무언가에 홀린 듯 배가 고파진 선영은 방금 막 구운 빵을 냉큼 입안 가득 머금으며 신문을 펼쳤다. 선영은 신문의 구인구직 페이지의 애독자라고 할 수 있다. 오늘은 꽤나 괜찮은 자리가 있으려나 하고 살펴보다, 늘 멀리서 희미하게 보고 지나갔던 오래된 놀이공원의 아르바이트 자리에 솔깃한 마음이 들었다.

"개성놀이공원! 아르바이트 구함!"

근무 시간이나 시급도 괜찮았고 버스를 타면 집에서 그리 멀지 않은 거리다. '좋았어, 평일에는 스펙을 쌓고 주말에는 아르바이트를 하는 거지.' 선영은 아직 아르바이트 면접을 보기도 전에 미리 꽤나 그럴듯한 각오를 다졌다.

개성놀이공원, 그곳은 요즘은 그리 사람들이 즐겨 찾지 않는 한물간 놀이동산이다. 그 말인즉, 대규모 시설과 많은 방문객을 자랑하는 인기 놀이동산에 비해 한가롭게 일할 수 있다는 뜻이 아니겠는가! 선영은 이번에야말로 적극적으로 일을 쟁취해내리라고 다시 한 번 스스로를 자극했다.

"안녕하세요. 아르바이트 면접 보러 왔습니다!"

"아, 네. 이쪽으로 오세요."

놀이공원의 상황은 생각보다 열악했다. 내부는 허름했고, 오래된 기구들은 제대로 작동하는지 의심스러웠으며, 놀이기구의 종류도 그리 많지 않았다. 심지어는 이상하게 측은한 심정이 느껴졌다. 사무실에는 학생으로 보이는 남자아이 한 명과 할아버지 단둘만이 있었다.

"아르바이트하려구요?"

"네. 주말 아르바이트를 구하신다고 해서요!"

"안녕하세요. 주로 하게 될 일은 인형 옷을 입고 퍼레이드를 하거나 아이스크림을 판매하는 정도가 될 거예요. 혹시 인형 옷을 입는 데 불편함 같은 게 있지는 않겠죠?"

"아, 네. 별다른 문제는 없을 것 같아요."

선영보다 한참이나 어려 보이는 남자아이는 작은 목소리로 나긋나긋 아르바이트에 관련된 사항들을 이야기했다. 관리인의 아들이려나, 정도로 생각하며 그녀는 또박또박 묻는 이야기에 대답을 했고 면접은 순조롭게 진행되는 듯했다. 하지만 그때 주름만으로도 깐깐해 보이는 할아버지가 다가오며 묻는 것이다.

"자네 성실한가? 요즘 아르바이트를 한다고 해놓고 말이야, 갑자기 연락 두절이 되거나 못 오겠다는 사람이 하도 많아서 말이야!"

할아버지는 격앙된 목소리로 말을 이으며 갑자기 일전에 아르바이트를 하러 오지 않은 불성실한 사람들이라도 생각난 듯이 얼굴이 잔뜩 붉어졌다. 할아버지는 깡마른 체형이었지만 어딘가 모르게 쉽게 부러지지 않을 단호함이 전해졌다. 어째서인지 그녀는 그 단호한 모습을 보며 움츠러들어 목소리가 작아졌다.

"딱히 뛰어나게 성실한 편은 아니지만……."

말을 하는 중에 관리인 할아버지가 자신을 휙 쏘아보는 것이 느껴졌다. 어떻게든 아르바이트를 해서 생활비를 만들어야 하는 입장으로서 선영은 몸을 꼿꼿하게 세우며 계속해서 말을 이었다.

"그래도 약속한 근무 일자를 이유 없이 어길 일은 없을 거예요."

그럼에도 할아버지는 무언가 불만족스러운 구석이 있다는 듯이 혀를 차며 연신 입술을 조몰락거렸다.

"아무래도 인형 옷을 입으면 크게 동작을 하면서 아이들이 웃을 수 있도록 최대한 노력해줘야 해. 그러기에는 조금 소극적인 면이 있는 것 같아서 말이야, 흐음."

"그냥 춤을 추라고 하면 아마 못 한다고 말했을 테지만, 인형 탈을 쓰면 크게 부끄러울 것도 없으니 시켜주시면 잘할 수 있어요!"

그렇게 말하면서 선영은 이제 한계에 도달했다는 생각을 했다. 누가 찾아올까 싶은 오래된 놀이동산의 아르바이트 면접도 이렇게나 복잡하기만 한데, 앞으로 그녀는 정말 제대로 된 직장을 구할 수가 있을까.

"일단은 알겠어요. 제가 우리 손자 통해서 문자를 보내라고 하겠습니다."

저 아이는 할아버지의 손자였구나, 그 와중에도 궁금증 하나가 해결되니 선영은 자신에게 찾아온 긴장이 조금은 풀리는 것같이 느껴지기도 했다. 하지만 관리인 할아버지의 시큰둥한 반응으로 보아하니 이번에도 떨어진 모양이다. 남자아이는 구석에서 그런 선영의 모습을 빤히 바라보고 있었다. 이상하게도 어딘가 슬픈 눈빛을 하고 있는 아이였다.

"그리고 말이에요, 이 인형 옷을 입는다는 게 그게 결국에는 체력 싸움이거든! 체력이 없으면 조금 하다가 금방 지쳐버린다구!"

할아버지는 인형 옷을 입는 것에 어떤 특별한 애착이라도 있는지 문을 열고 나서다가 다시 고개를 돌려 큰소리로 말했다.

"저, 체력 좋아요. 취미가 달리기인걸요."

선영이 얼른 대꾸를 했지만 할아버지는 그 말이 끝나기도 전에 유유히 어딘가로 사라져버린 뒤였다. 어쩐지 힘이 쭉 빠진 선영은 터덜터덜 밖으로 나와 아직 개장 전의 멈춰 있는 놀이기구들을 바라보며 옛 생각을 하는 것으로 마음을 달랬다.

'어렸을 땐 엄마, 아빠랑 하늘 자전거를 타면서 공기 방울을 마구 날리곤 했는데 말이야.'

옛 시절의 향수에 젖어 선영의 손끝에서 투명한 공기 방울들이 높은 하늘로 날아올랐다. 그 안에는 그녀를 둘러싼 세계가 다채로운 빛의 굴절을 일으키며 아른아른거리고 있다. 머지않아 톡, 하고 사라져버리고 말겠지만 어쩐지 이 장소와 썩 잘 어울리는 장면이었다.

"이봐요, 선영 씨라고 했나요? 이야, 멋진걸. 방금 그건 어떻게 한 거죠?"
놀랍게도 할아버지의 투박하고 날카로운 말투가 어느새 봄 햇살 아래 낮잠을 청하는 고양이처럼 차분해져 있었다. 선영은 뭐라고 둘러댈 겨를이 없어서 "그냥, 해본 거예요"라고 말했다.
"그냥, 비눗방울 같은 거예요. 아무것도 아니에요."
"이야, 그런 트릭을 쓸 줄 알면서 왜 아무 말도 안 했어요, 선영 씨!"
'윽, 선영 씨라니.' 선영은 속으로 약간의 불편한 기색을 느꼈다. 방금 전까지 체력이 어쩌고 성실함이 어쩌고 하는 소리를 고래고래 지르던 인상파 노인은 어디론가 사라지고, 꽤나 버거운 젠틀함만이 할아버지를 대변해주고 있었다.
"아, 뭐 트릭이 아니라요. 정말 그냥 이건……."
"그래요. 그래요. 다 이해합니다. 아니 그런 재능을 가지고 있었다니 다음 주부터 나오도록 해요, 선영 씨."
"어! 저 아르바이트할 수 있는 건가요?"
"그럼요. 우리 놀이공원 이름이 뭡니까. 개성놀이공원! 선영 씨처럼 개성 있는 분이 아니면 그 자리에 누가 어울리겠습니까!"
다소 찝찝하지만 그녀는 어쨌든 잘된 일이라고 생각했다.

"그럼 개성과 성실함을 두루 갖춘 선영 씨, 다음 주에 뵙자고요."

방금 전까지만 해도 분명 나이 들어 꼬장꼬장한 노인일 뿐이라고 생각했는데, 품격 있는 말투가 흘러나오자 이상하게 깐깐해 보였던 그 모습이 말쑥한 차림새의 멋진 노신사처럼 다가왔다. 그것을 보면서 선영은 역시나 사람의 말투란 그 사람에게서 드러나는 인상을 압도하는 경향이 있다고 생각했다. 그러고는 화창하게 흘러가는 이 풍경처럼 마냥 기분이 좋아져서 씩씩하게 걸음을 옮겨 집으로 향했다. 그녀가 몇 걸음을 걷자, 아까 사무실에 있던 관리인의 손자가 그녀를 배웅하기 위해 기다리고 있었다.

"이해하세요. 할아버지는 도움이 될 만한 사람들에게는 친절해요."

"아하(역시 그런 거였군……), 괜찮아요."

"저는 민성이라고 해요. 열여덟 살이에요. 주말에는 저도 같이 일하게 될 테니까, 말씀 편하게 해주세요."

"아, 정말 그래도 될까?"

"네. 저보다 열 살이나 많으시더라구요."

"응. 뭐 그렇게 강조하지는 않아도……."

"아마 방문하는 사람이 그렇게 많지는 않겠지만 유치원이나 학원에서 단체로 소풍을 오곤 해요. 그래서 운이 안 좋으면 바쁠 거예요. 조심히 들어가세요."

"고마워. 그럼 다음 주에 보자, 민성아!"

버스를 타고 집으로 돌아오는 모든 장면에 정겨움이 가득

하다. 얼마 만에 전해 받은 합격 소식인지, 언제부턴가 자신감이 많이 줄어들어 작아져 있던 선영에게 오늘은 그럭저럭 기쁜 선물 같은 날이다. 그녀가 꼭 바랐던 선물은 아니었으나, 그럭저럭 기쁜 선물. 조금씩 해가 저물어가는 이 시간, 선영은 이어폰에서 흘러나오는 산뜻한 음악을 들으며 창밖을 바라보았다. 버스 정류장부터 길게 이어지는 골목은 화려하게 무르익고 있다. 이처럼 아주 잠깐, 골목은 그 자신이 품은 존재들을 그날그날의 색채로 표현해낸다. 순간의 깜빡임이 전해주는 행복, 그녀는 그 아름다움을 집요하게 끌어안고 싶은 생각이 간절해진다.

하지만 선영의 표정은 금세 굳어버렸다. 전봇대에 붙여진 '강아지를 찾습니다'라는 전단지가 허공에 나풀거리며 일순간 그녀의 머리를 강하게 두드렸기 때문이다. 무언가는 분명 이 세계의 평온을 기울어뜨리고 있다. 점점 그러한 느낌이 강한 의혹으로, 그리고 강한 의혹에서 확고한 신념으로 번져갔다. 어떤 단어로도 지금의 이 느낌을 논리적인 추론으로 연결해낼 방법이 없다는 것이 안타까울 따름이었다. 죽어가는 동물들이 있다. 그 사실이 온갖 상상력을 자극하며 선영을 깊은 추론의 영역으로 끌어들였다. 모호한 사건들, 하지만 분명 그 결론이 하나의 끈으로 이어져 있다면 그것을 어떤 의미로 받아들여야 할까.

6.

"저, 신고를 좀 하려고 하는데요."

선영은 머릿속에서 떠나지 않는 생각들을 정리해서 경찰서 민원실로 향했다.

"네. 무슨 일이시죠?"

"며칠 동안 계속 동네에서 동물들이 죽는 걸 목격해서요."

"동물들요? 어떤?"

"아, 그게 고양이나 비둘기…… 이런 동물요. 그리고 저기, 조금 전에 보니 전봇대나 정류장에도 강아지를 잃어버렸다는 전단지가 몇 개 붙어 있어서요……."

"뭐, 차에 부딪쳐서 죽은 동물 사체 같은 건 구청에서 알아서 잘 치우고 있으니까 조금만 기다려주세요."

경찰관은 꽤나 사무적인 말투로 대답했다.

"아니, 저 그게 치우는 게 문제가 아니라 자꾸 이렇게 동물들이 죽고 하는 게 조금 이상해서요……. 그리고 그 쓰레기장 귀신 이야기 아세요?"

"쓰레기장 귀신요? 몇 번 신고받고 출동은 했었는데요. 아니 글쎄, 누가 자꾸 장난 전화를 하는지 요즘 같은 시대에 귀신이 웬 말입니까."

담당자의 딱딱한 태도에 선영은 아무런 말도 할 수가 없었다.

"동물들 잃어버리면 그거 못 찾아요. 실종된 사람 찾는 일에도 인력이 부족한데 동물들까지 일일이 어떻게 다…… 일단은 뭐, 여기 민원 사항을 작성해주시면 저희가 회의 때

내용으로 올리긴 할게요."

그녀는 멍하니 민원신청서를 바라보다가 그냥 펜을 내려놓고 경찰서를 벗어났다. 정말로 요즘 자신이 예민해서 혼자만 이 일을 심각하게 받아들이는 걸까, 그러한 고민이 그녀의 머리를 강하게 짓누르고 있었다. 하지만 무엇보다도 어떤 단어 하나가 거북하게 느껴졌다. 잃어버리면 '그거' 못 찾아요, 라는 말.

'누군가에겐 소중한 가족일 텐데…….'

어느새 그녀의 손은 다시 축축하게 땀으로 뒤덮여 있었다. 어쩌면 가슴속이 조금 답답할 때 다한증이 더 심해지는 것일 수도 있겠다. 그녀는 내일 일찍 한의원에 들렀다가 날이 밝으면 동물 사체를 보았던 장소들을 다시금 돌아봐야겠다는 계획을 세웠다. 하지만 그것이 제대로 이루어질지는 아무도 모를 일이다.

'운동 삼아 쓰레기장에까지 가보는 거야. 대낮에 무슨 일이라도 있겠어.'

선영은 속으로 그렇게 생각하면서 그 밤, 얼굴을 감싸 쥐었을 때 긴장으로 두근거리던 심장과는 반대로 물기가 없이 포근했던 두 손의 촉감을 떠올렸다. 동시에 보송한 이불처럼 개운한 그 마른 손아귀가 그녀의 근심을 안아줄 때, 어쩌면 다정하다는 말이 꼭 그와 같은 느낌은 아닐까, 하는 생각을 했다. 하지만 그 다정함에 대해 곱씹어 생각할수록 어린 시절부터 줄곧 누구에게도 그것을 나누어준 적이 없다는 것을 느끼게 될 뿐이었다. 그녀는 한 번도 좋아하는 사람과 손을 잡아본 기억이 없었다. 자신의 그 숨기고 싶은 불편함이 좋아하는 사람들에게까지 번지는 것이 싫었다.

'아무렴, 세상엔 숨기고 싶은 것이 너무 많은 것 같아. 하지만 그것들을 다 가리면 그때의 나는 누구일까. 애석하지만 가리고 싶은 부분도 모두 내게서 빼놓을 수 없는 일부임은 분명한데.'

선영의 마음은 구불구불 이어진 비탈길처럼 늘어졌고 눈앞의 거리에는 깊은 안개가 내려앉아 있었다. 가로등 빛이 여전히 이 밤을 영영 어둠에 가라앉히지 않기 위하여 안간힘을 쓰고 있지만, 미세한 입자들 사이로 작은 빛들이 곧잘 삼켜져서는 뿌옇게 흐려진 시야가 어쩐지 그녀의 기분에 쓸쓸함을 보태는 듯했다.

그때 그리 멀지 않은 곳에서 빤히 그녀를 바라보는 두 개의 도톰한 눈동자가 있었다. 선영은 걸음을 멈추어 덩달아 그 눈동자를 응시할 수밖에는 없었다. 그 모습은 새하얀 털 뭉치 속에 누군가가 크고 예쁜 밤의 별빛을 숨겨둔 것 같았다.
"에구우, 누구야 넌? 어디에서 왔어?"
그녀의 말에, 고개를 갸웃하며 잠깐 주저앉아 있던 그 눈동자는 혓바닥을 내어놓고 방긋 웃으며 달려왔다. 그러한 순진무구한 몸짓이 선영에게 있는 힘껏 다가오자 그녀 안에서 무겁게 자라나던 피로는 일순간 어디론가 사라지는 듯했다. 어여쁜 존재가 와락 이렇게 가까이에서 안길 때, 살아가는 일의 고단함은 금세 멎어버리고 만다. 비록 그 황홀함이 아주 짧은 순간만 지속되는 가여운 사랑일지라도.

이내 선영은 그 영롱한 재롱으로부터 다시 현실로 돌아와 '아직 어린 강아지인데……' 하고 속으로 생각하며 안쓰러움을 느끼고 말았다. 주변을 돌아봐도 견주는 보이지 않았다. 아무리 외쳐도, 몇 번을 둘러봐도 이 작은 생명과 동행해 온 사람은 나타나지 않았다. 바로 그때 선영은 조금 전까지만 해도 자신을 휘감으며 가슴을 두근거리게 했던 그 사랑스러움이 너무나 큰 두려움으로 바뀌는 것을 느꼈다. 지금 그녀에게는 이 작은 생명을 구제해줄 여유와 낭만이 존재하지 않는다는 사실이 자신을 너무 괴롭게 했던 것이다.
"미안해…… 나는 너를 책임질 수는 없어."
분명하게 말했지만 강아지는 연신 꼬리를 흔들며 예쁘게만 웃는다. 그럴수록 선영의 가슴속에서는 무언가 아주 난해하고 복잡한 감정들이 몇 번이고 영혼을 흔들며 그녀를 혼란스럽게 했다. 잠깐 강아지가 풀 냄새를 맡고 있을 때 선영은 얼른 걸음을 옮겨 차가운 바닥이 기다리고 있는 자신의 집으로 향했다. 절대로 뒤를 돌아보지 말아야겠다고 다짐하면서, 동시에 자신이 이렇게나 비겁한 존재였다는 걸 실감하면서.

얼마나 시간이 흘렀을까. 선영은 그 작은 생명이 요즘 동네에서 일어나고 있는 사건—물론 자신만 그렇게 생각하는지도 모르지만—에 휘말리게 될까 봐 덜컥 마음이 초조해졌다. '아직 자기 힘으론 이 세상의 어두운 부분과 맞설 단계에 오르지 못할 거야. 하지만 이건 전적으로 내 잘못은 아니야. 누군가를 돌볼 수 있는 처지가 아니라구, 나는.' 이런 저런 생각들이 그녀의 마음속에서 안개처럼 부유하며 혼란스럽게 뒤섞였다. 집 앞에 당도했을 때 그녀는 문손잡이를 잡고서 한참을 멍하니 서 있었다. 그저 이 모든 상황으로부터 도망가고 싶다는 생각을 하면서.

'이 문을 열고 들어가서 아무 일도 없었던 듯이 그냥 잠을 청하는 거야. 그럼 다 지나갈 거야. 금방 잊힐 거야. 세상은 또 아무렇지도 않게 흘러갈 거고, 나는 내가 할 수 있는 일에 최선을 다하면 그뿐인 거야. 그 외의 것은 내 소관이 아닌 거야. 나는 그렇게 큰 그릇의 인물이 아니란 말이야. 나는 나 하나의 삶도 제대로 구축하기 어려운 가여운 인간일 뿐이야. 그런 내가 지금 무슨 걱정을 하고 있는 거야. 전혀, 절대로 이치에 맞지 않아. 내게는 그런 사랑이나 연민 같은 것은 다 사치이고 허영인 거야. 어쩔 수 없어. 세상엔 어쩔 수 없는 일들이 있는 거야.'

가슴 안에서는 일련의 독백이 지금 그녀의 상황을 다독이고 있었다. 하지만 어째서인지 지금 이 문을 열고 조용히 이 밤을 지나가버리면 나라는 존재가 다시는 돌아오지 못할 어느 영역으로 영원히 엇물려버리고 말 것만 같다는 느낌이 그녀를 망설이게 했다. 뾰족한 근심이 계속해서 선영을 짓누르고 있었다. 손목이 떨렸고 문손잡이에는 흥건하게 땀이 맺혔다. 창문 너머의 안개는 더욱 짙어져서 어쩌면 이 모든 일이 찝찝한 꿈속의 한 장면일지도 모른다는 착각을 불러일으킬 정도였다. 정말로 그럴 수 있다면 얼마나 좋을까.

— 꿈을 현실로 만드는 일보다, 이 현실을 꿈으로 만드는 일이 어쩌면 내 세상을 보다 희망차게 만들어줄 것만 같다.

자연히 그녀의 머릿속에서는 그런 생각이 들었다. 그날 밤에는 제법 선명한 꿈을 꾸었다. 꿈에 대한 내용이 다음 날까지 그토록 분명하게 지속되는 것은 정말이지 오랜만의 일이었던 것 같다. 꿈에서 선영은 문을 열어 어둡고 차가운 방 안으로 걸어 들어갔다. 그리고 냉장고에서 맥주 한 캔을 꺼내서 단숨에 다 마셔치우고는 옷도 갈아입지 않고 그대로 침대 위에 널브러져서 꼼짝도 하지 않았다. 그렇게 아침이 왔고, 그럴듯한 회사에 취직을 했고, 비교적 그렇게 슬프지도 또 행복하지도 않은 전혀 특별할 것 없는 인생을 조용히 살아갔다. 삐삐— 삐! 알람 시계가 깨어나야 할 시각을 알리면 잽싸게 일어나 밖으로 나서고, 퇴근 후 집으로 돌아오면 베개를 끌어안고 새벽까지 텔레비전에서 흘러나오는 방송들을 시청하면서 따분하고 정신없는 하루들을 보냈다. 그 모든 시간의 흐름이 실로 현실과 동일한 것처럼 느껴졌다. 실제로 자신이 그렇게 십 년이 넘는 시간을 살아간 기분이었다.

"이상한 꿈이네, 그치? 구름아?"

선영의 겨드랑이 사이에서 크고 맑은 눈을 한 어린 강아지가 아직 졸린 눈을 비비며 하품을 하고 있다. 그녀는 결국 그 문을 열지 않고 그대로 돌아서서, 풀숲 사이에서 멍하니 고개를 쫑긋하고 누군가 자신을 사랑해줄 존재가 다가오기만을 기다리던 이 작은 생명에게로 달려간 것이다.

"너를 안고 돌아오는 길에는 이상하게 길고 지루한 안개가 걷히는 듯했어."

그런 그녀의 말을 알아듣기라도 했는지 구름이는 더 가깝게 엉겨들며 불안했던 지난밤으로부터 마침내 평온을 얻은 듯이 선영의 품에서 깊은 잠을 청했다.

7.

며칠 동안 선영은 구름이와 함께 생활하며 어느새 쉽게 끊을 수 없는 정을 나누고 말았다. 선영은 매일 아침 눈을 뜨자마자 구름이의 눈 속을 들여다보는 것으로 하루를 시작하곤 했다. 그러고 보니 그녀가 자신이 아닌 누군가와 이토록 마음 편하게 두 눈을 마주 보는 것은 참 오랜만이었다. 이 좁은 방에서의 생활이 구름이에게 어떤 영향을 끼칠 것인지에 대한 고민도 지울 수 없었지만, 곱고 따뜻한 교감으로 마음이 충만해지는 것은 분명했다. 책상에 앉아 선영이 며칠 뒤에 있을 영어 시험 준비를 하려고 하자 구름이가 이내 그녀의 다리 사이를 배회하며 장난을 치기 시작했다. 그 모습은 마치 아직 말을 배우지 못한 어린아이가 어미의 품으로 안겨 들려는 행동 같았다. 선영이 조심스레 자신의 무릎 위로 구름이를 올려두자 그 조그마한 생명체는 냉큼 적당히 엉덩이를 비비며 잠들기 좋은 자세를 취했다. 이따금씩 선영이 구름이와 놀아줄 심산으로 손끝의 불빛을 켰다 껐다 하면 그 졸린 눈이 어느새 휘둥그레져서는 아직 제대로 펴지지도 않은 귀를 연신 팔랑거리며 빛을 한번 깨물어 보기 위해 발을 동동거리기도 했다.

"안녕하세요!"

"일찍 왔네요, 선영 씨. 역시 재능 있는 친구는 다르다니까. 허허허. 근데 그 강아지는 뭐야?"

"오늘부터 우리 개성놀이공원의 마스코트! 구름이입니다!"

선영은 놀이공원의 관리인 할아버지에게 구름이를 조금 더 넓고 쾌적한 환경에서 기를 수 있도록 도와달라고 말했다. 할아버지는 처음에 다소 떨떠름한 표정을 지었으나, 민성이 구름이를 안고 방방 뛰는 모습을 보더니 다행스럽게도 구름이를 함께 기르는 것에 동의해줬다.

'다행이야. 어떻게든 함께 잘 지내볼 수가 있겠어!' 그간 무거웠던 걱정을 내려놓으며 마침내 선영은 개운하게 가슴을 쓸어내렸다. 할아버지는 의외로 강아지를 길러본 경험이 많아서 구름이를 보자마자 리트리버 종이라는 것을 알아차렸다.

"잃어버린 것 같지는 않고, 누가 그냥 거리에 놓아두고 간 것 같아요."

"아마 막상 집으로 데려왔는데 감당하기가 어렵다는 생각이 들었는지도 모르지."

"그치만 아직 이렇게나 작은 강아지인걸요?"

"원래 일어나기 전의 일이 일어났을 때보다 더 겁이 나는 법이잖아요. 일단 크게 겁을 먹으면 사람들은 대개 무책임해지고 만다니까, 쯔쯧."

할아버지는 그렇게 말하곤 담배를 한 개비 꺼내어 물고 밖으로 나갔다. 그저 괴팍하고 이기적으로 보이기만 했던 노인이 선영에게는 처음으로 어른스럽게 느껴지는 순간이었다.

'세월을 머금는다는 건, 간간이 찾아오는 어려움이나 어쩔 수 없는 일들 속에서 어떻게든 무너지지 않고 살아왔다는 뜻이겠지. 도대체 슬픈 경험이 얼마나 많이 나를 스쳐 지나가야 이런저런 마음의 혼란에 대수롭지 않게 살아갈 수가

있는 걸까.'

멀어지는 할아버지의 뒷모습을 보면서 선영은 반듯하게 다려진 옷에 감춰져 있는 세월의 감각을 짐작해보기만 할 뿐이었다. 얼마나 많은 주름이 구불구불 오래된 노랫말처럼 그의 삶 속에 각인되어 있을지는 도통 짐작할 수가 없었다.

"할아버지 감사합니다. 저, 근데 호칭을 어떻게 불러야 할지……."

"감사는 무슨, 호칭은 그냥 감독님이라고 부르도록 하지."

"감독님요?"

"내가 감독이잖아. 놀이공원의 운영은 스포츠 경기처럼 철저히 전략적이어야 하니까요."

적당히 반말과 존댓말을 섞어서 쓰는 말투는 익숙해질수록 묘하게 매력이 있었다. 아니, 어쩌면 이 할아버지가 선영에게 정말로 큰 도움이 되었기 때문에 그 모든 것이 좋은 방향으로 느껴지는지도 모를 일이다.

"네! 감독님! 오늘 첫 근무인데 열심히 해볼게요!"

"그래요. 그래요. 아이들 앞에서 비눗방울 마술 좀 많이 해달라구요, 허허."

큰곰 인형 탈은 쓰기만 해도 답답함이 느껴져서 아무래도 익숙해지기 위해서는 선영에게 조금 더 긴 시간이 필요할 것 같았다. 시야도 잘 보이지 않고 보폭을 조절하는 것도 여간 힘든 일이 아니어서 선영은 걸음마를 막 배운 아이처럼 뒤뚱거렸다.

"누나, 쉬는 시간마다 물을 많이 마셔줘야 해요. 안 그러면 땀이 많이 나서 탈진할 수도 있거든요."

어슴푸레한 눈과 작은 목소리, 감독 할아버지의 손자 민성이었다.

"응. 고마워. 처음이라 움직이는 게 아직 익숙하지 않네!"

"금방 익숙해질 거예요. 저는 간식 코너에 있을 테니까, 혹시 물어볼 게 있으면 그쪽으로 오세요!"

"그래, 이제 곧 개장이지? 파이팅이야!"

선영은 손을 뻗어 하이파이브를 시도했지만 민성에게선 그녀의 행동에 대해 어떠한 반응도 할 기미가 보이지 않았다. 선영은 하는 수 없이 다른 손까지 번쩍 들어서 바보같이 만세를 해버리고 말았다.

"아자아자! 만세!"

"처음부터 너무 열심히 하면 지루해요. 쉬엄쉬엄하세요."

특별히 의식을 하지 않아도 민성에게선 뜻 모를 외로움이 느껴지는 듯했다. 선영은 더 큰 미소로 화답하려다, 그냥 간결하게 "응!"이라고 대답하고 놀이공원 관리실을 벗어났다. 개장을 하고 나니, 면접 때에는 보지 못했던 다른 스태프들도 각자의 위치에서 업무를 시작하고 있었다. 첫 근무는 단체 방문객이 많아서 어떻게 시간이 흘러갔는지도 모를 정도로 바쁘게 지나갔다. 놀이기구를 이용하는 손님보다 놀이공원 안에 있는 잔디밭이나 산책로에서 소풍을 즐기는 사람이 훨씬 많았다. 아이들은 이리저리 제 몸의 무게중심을 지키기 위해 안간힘을 쓰면서 공이 굴러가는 곳으로 달려갔고, 또 몇몇은 잡히지 않는 나비를 잡아보려 하염없이 손을 뻗기도 했다. 어른들은 그 모습을 보며 흐뭇하게 미소를 지었다. 아이들은 아이들대로, 어른들은 어른들대로 자기만의 즐거움을 추구하는 모습이 아름다워 보였다. 선영은 그 풍경 안에서 잠자코 가벼운 율동을 하다가, 아이들의 시선이 자신에게로 쏠릴 때 장갑을 벗어서는 냉큼 손끝으로 비눗방울을 날렸다. 그러면 일순간 "와아!" 하고 어른이나 아이나 할 것 없이 환호를 해주었다. 사람들은 저마다 그 방울들의 정체가 숙련된 마술과도 같은 것일 거라고 짐작하는 분위기였으나, 어느 누구도 그것에 대해 자세하게 캐묻지는 않았다. 아마도 선영이 태어난 이후 그렇게나 많은 초능력을 사용한 것은 처음이었던 것 같다. 그뿐만 아니라 초능력을 사용하면 할수록 당이 떨어져서 손이 떨린다는 것 또한 알게 됐다. 감독 할아버지는 놀이기구를 작동하다가 가끔 그런 선영의 모습을 빤히 바라보곤 했다. 선영은 인형 탈 때문에 자세히 그 표정을 보지 못했지만 분명 감독 할아버지가 미소를 띠고 있었을 것이라고 믿었다. 적당히 사람들이 빠져나가자, 선영은 벤치에 앉아 탈을 벗어두고 초코 우유를 마셨다.

"일을 한다는 건 역시 보통 일이 아니군!"

꽤나 어른스러운 느낌으로 중얼거렸지만 그 안에는 허무함이나 압박감이 아니라, 나름대로는 이 현실 속에서 자리를 잡기 위해 애를 쓰고 있다는 자부심 같은 것이 느껴졌다. 그리고 여전히 손에서는 흥건한 땀이 흐르고 있었다.

"언니, 새로운 알바예요?"

그 순간 다소 당돌해 보이는 소녀가 선영에게 말을 걸었는데, 선영은 '그렇다'고 대답할 시간도 없이 다음 질문에 대한 답을 생각해야만 했다.

"저 민성이랑 같은 학교 친구예요. 이름은 연주. 언니는 좋아하는 사람 있어요?"

"나? 좋아하는 사람? 아니 없는데."

해 질 녘의 선선한 바람이 두 사람이 앉은 자리로 불어왔다. 인형 탈에 눌렸던 그녀의 머리칼들은 그제야 자유 시간을 얻은 듯이 꾹 눌려 있던 몸짓을 해방하며 마구 나풀거렸다.

"있잖아요, 언니. 저는요, 좋아하는 사람이 있거든요. 근데……"

연주가 잠깐 말을 고르는 사이 이번에는 선영이 불쑥 선수를 쳤다.

"민성이 좋아하는구나!?"

"어떻게 알았어요!?"

"아니, 이렇게 좋은 주말에 혼자 놀이공원이 다 끝나가는 시간에 여기 오는 여자애가 어디 있겠어. 좋아하는 사람을 보러 오는 게 아니라면 말이야."

"언니 눈치 되게 빠르다. 근데 왜 민성이는 모르는 거죠?"

"짝사랑 같은 건가?"

선영은 지금 이 상황이 너무 재밌어서 오늘 집으로 돌아가면 꼭 일기장에 적어둬야지 하고 생각했다.

"네. 근데요, 민성이가 사실은 학교에서 '왕따'라서 사람한테 마음을 잘 안 열어요."

"아, 민성이가? 그렇게 착한 아이를 왜?"

"몰라요. 애들이니까 그냥 어딘가 화풀이할 대상을 찾는 거

47

겠죠. 우리는 이 동네에서 초등학교 때부터 쭉 같이 학교에 다녔어요. 고등학교에 들어와서 따돌림을 당하기 시작했는데 그때부터 멀어져서는 예전처럼 지내기가 쉽지 않은 것 같아요."

"선생님이나 다른 어른들은 몰라?"

"뭐 알아도 어쩌겠어요. 그러지 말아라 하는 게 전부인걸요. 막 엄청 괴롭히고 그런 게 아니라요. 은근히 사람을 무시하는 그런 거 있잖아요. 치사하게. 제가 그래서 그러지 말라고 하면 흑기사가 왔다고 저까지 놀려대고……."

"그렇구나. 민성이가 좀 내성적인 것 같아 보이긴 하던데, 그런 일이 있었구나."

"네. 아무튼 민성이는 잘생겼고 착한데 '왕따'예요. 근데 저는 민성이를 예전부터 좋아했단 말이에요. 하지만 저도 참 나쁜 아이인 게 요즘은 대놓고 챙겨주지는 못하겠더라구요. 이상하게 좀 머뭇거리게 되고, 멀리서 보면서 안절부절 못하는 게 다예요."

연주의 말이 끝나자 노을이 지고 있는 하늘에서는 한껏 바람이 불어왔다. 두 사람의 머리카락은 학창 시절에 점심시간 종소리를 듣고 식당으로 달리는 아이들처럼 풍경의 저편을 향해 흩날리고 있었다. 그 아이는 아무렇지 않은 듯이 푸념을 늘어놓았지만, 선영은 어렴풋이 느끼고 있었다. 전혀 모르는 사람이기 때문에, 오히려 서로를 잘 알지 못하는 낯선 사람이기 때문에 막연히 자기의 무거운 속마음을 나열할 때도 있다는 걸. 이 친구는 지금껏 감히 드러낼 수 없었던 하소연을 지금 이 자리에서 나름대로 큰 용기를 가지고 하고 있다는 걸. 하지만 선영은 어떤 말을 해야 좋을지, 적당한 말이 떠오르지가 않았다. 하여 좋은 위로라는 게 무엇인가, 입을 열기 전 스스로 고심해보니 그건 오늘의 어여쁜 노을 풍경을 보는 것처럼 이런저런 생각들에 하나둘 나름대로의 의미를 부여해보는 정도려나 싶을 뿐이었다. 그러다가 덜컥 정리되지도 않은 말이 그녀의 입 밖으로 나왔다.

"너희 둘 다 열심히 하고 있구나."
"이대로 괜찮을까요?"
"그러게, 그대로 괜찮으려나 솔직히 나도 잘 모르겠네."
"……."
"근데 뭐 굳이 지금 이 상황을 더 좋게 만들기 위해서 악착같이 노력하진 마. 그렇게까지 너희들이 가혹하게 무언가를 해야 할 필요는 없는 것 같아. 너희들 잘못이 아니니까."
"왜요? 선생님은 민성이에게 늘 말해요. 도망치지 말고, 또래 친구들과 어울리는 두려움에 맞서 싸우라구요. 계속 소극적으로 있다가는 아무도 너를 도와주지 않는다고요."
"그런가, 언니는 생각이 좀 다른데."
"어떻게요?"
"도망치는 게 뭐가 나빠, 뭐 난 그런 주의야. 조금 힘드니까 내가 못 하겠다는 건데, 그게 뭐가 나빠? 또래 친구들과 어울리기가 힘든데 굳이 그 친구들과 어울리려고 나라는 사람을 애써 다그칠 필요가 있나 하는 거지."
"묘하게 설득력이 있네요."

"그리고 민성이에겐 자기를 좋아해주는 연주가 있잖아. 연주는 민성이가 굳이 애쓰지 않아도 그냥 민성이가 좋은 거잖아."

"뭐, 그렇죠. 저는 좋아하니까."

"바로 그거야. 좋아하면 돼. 하지만 좋아하지 않는 걸 좋아하라고 하는 건 말이 안 돼. 그건 이치에 맞지 않아. 맞서 싸우는 게 아니라, 불합리한 거야. 사람은 누구나 자기랑 잘 안 맞는 존재에 대한 두려움을 지니고 살아. 하지만 반대로 자기와 잘 맞는 사람도 어딘가엔 있기 마련이니까. 그 사람들끼리 서로 좋아하고 잘 지내면 그걸로 된 거 아닌가?"

"그렇게 말해주니까 좋네요. 고마워요, 언니. 저도 나중에 언니 고민을 들어드릴게요. 언니는 고민 같은 거 없어요?"

고민, 우리는 어째서 기꺼이 그것들에 자기 마음의 에너지를 할애하게 되는 걸까. 선영에게 그건 생각이라기보다는 향기 같은 부류처럼 느껴졌다. 숨을 쉬는 동안에는 자기 안으로 파고들 수밖에 없는, 하지만 이내 익숙해져버려서 스스로도 그것이 내게 어떤 의미를 지니는지 제대로 해석할 수가 없는.

"예전에 언니가 대학생 때 거짓말을 했던 게 계속 마음이 쓰여. 양치를 안 하고 잠을 청하려는 것처럼 텁텁해."

"거짓말요? 어떤 건데요?"

"좀 이상하게 들릴지도 모르겠지만 내 가장 큰 거짓말은 좋아한다는 말이었어."

"가짜로 좋아했다는 거예요?"

"음, 조금 복잡한데! 나도 거짓말인지 모르고 내뱉었는데, 나중에 알고 보니 거짓말이었던 거야. 그냥 그때는 서로에게 관심이 있었고, 적당한 연인이 없으면 우스갯소리를 듣는 나이기도 했고…… 우리는 그냥 너무 예쁜 날들을 살아가고 있어서 서로 좋아하지 않는 게 약간 스스로를 쓸쓸하게 만드는 것 같기도 했어. 그래서 같이 산책을 하는 길에 한번 손을 잡아본 적도 없는 남자에게 좋아한다고 말을 해버렸던 거야. 그냥 젊음을 사랑하는 일에 나를 온통 내맡기고 싶었달까."

"우와. 언니 그렇게 안 봤는데 엄청 화끈하구나. 그래서요?"

"그런데 그 사람은 나를 똑바로 바라보더니, 글쎄 그렇게 말을 하는 거야."

"뭐라구요, 뭐라구요?"

—선영아, 네가 안고 싶은 건 내가 아닌 것 같아.

—네?

—나를 좋아해?

—좋아하는 것 같아요.

—거봐. 내가 엄청 누구를 많이 좋아해본 적이 있어서 아는데, 아마도 좋아하는 것 같다는 고백은 허영이야. 고백이라는 건 너무 좋아서 좋아한다고 말을 하는 거니까. 애매한 건 고백이 아니야. 그건 그냥 좋아한다는 감정에 허기진 것뿐이지.

"그렇게 말을 하는데, 정신이 번쩍 들더라니까. 집으로 돌아오는 버스에서 창밖을 보면서 곰곰이 생각해봤는데, 그러니까 나는 그 사람을 좋아한 게 아니라, 내 마음과 예쁘게 호응해줄 수 있는 사람이면 누구라도 다 괜찮았던 거지. 아무런 변명을 할 수가 없더라구. 만약에 정말로 내가 그 사람을 좋아했다면 아니라고, 나는 나보다 당신을 더 사랑한다고 와락 안겼을 거야. 하지만 우리에겐 딱 적당한 거리가 있었고, 그 사람은 나보다 훨씬 감정적으로 성숙했기 때문에 그 모든 걸 다 느끼고 있었던 것 같아. 아니, 어쩌면 그 사람에게도 과거에 스스로 그랬던 순간들이 스쳐 지났을지도 모르지. 그게 끝이야. 그 뒤로 나는 한 번도 좋아하는 사람이라는 걸 가슴에 품어본 적이 없어."

"뭔가 조금 어렵네요. 좋아한다는 건."

"그치? 그치만 내가 하고 싶은 말은 너는 다르다는 거야. 너는 정말로 진심으로 민성이를 아끼고 좋아하는 것 같아. 응원하고 싶어."

연주는 아무런 대답도 하지 않았다. 아마 울고 싶어 하는 듯했다. 하지만 자존심이 강한 아이여서 가까스로 그 쏟아져 나오는 감정들을 부여잡고 있는 것 같아 보였다. 선영은 벗어둔 인형 탈을 연주에게 씌워줬다. 그러자 마치 기다렸다는 듯이, 작은 소녀의 앵두같이 조그맣고 새빨간 입술에서 오래오래 기억될 것 같은 서러운 울음이 터져 나왔다.

"괜찮아. 괜찮아." 선영은 양팔로 연주를 끌어안고 등을 쓰다듬어줬다. 울음이 멎은 뒤 연주는 조금 전 자신의 눈물이 부끄러웠는지 화장실까지 인형 탈을 쓴 채 걸어갔고, 선영은 나머지 인형 옷을 입은 채로 엉성하게 그 뒤를 따라갔다. 그리고 몇 걸음 떨어져 그 두 사람과 마주친 민성은 영문을 알 수 없다는 표정으로 자기 마음속 어딘가에 있을 두터운 벽처럼 꼿꼿이 서 있었고, 멀리서 놀이공원 마감 준비를 하던 감독 할아버지는 어두운 탓에 얼굴은 잘 보이지 않았지만 분명 '요즘 아이들은 정말!'이라고 말할 때의 표정을 짓고 있는 듯했다.

한바탕 열심히 일을 하고, 고단한 걸음으로 집을 향해 가는 길, 구름이의 새 보금자리가 부디 그 녀석에게 행복한 기분만을 전해주기를 바라면서 선영은 연주와의 대화를 다시금 떠올렸다. 그녀는 그것은 자기 스스로에게 하고 싶었던 말이었음을 어렴풋이 실감하고 있었다.

—도망치는 게 뭐가 나빠, 뭐 난 그런 주의야. 조금 힘드니까 내가 못 하겠다는 건데, 그게 뭐가 나빠? 어울리기가 힘든데 굳이 어울리려고 나라는 사람을 애써 다그칠 필요가 있나 하는 거지. 좋아하면 돼. 하지만 좋아하지 않는 걸 좋아하라고 하는 건 말이 안 돼. 그건 이치에 맞지 않아. 불합리한 거야.

8.

손끝으로 사진이나 그림, 꽃이나 편지 같은 것들을 쓰다듬으며 눈을 감으면 그것이 지닌 향기, 색채, 촉감이나 온도 같은 것들이 선영의 앞에 고스란히 펼쳐진다. 이것이 초능력인지, 아니면 그냥 그녀가 만들어내는 상상인지는 의문이지만 선영은 그렇게 무언가를 느끼고 있는 시간을 좋아했다.

머리맡에 떨어지는 햇살을 손끝으로 어루만지며 선영은 지긋이 그것에 감추어진 본래 모습을 느껴보았다. 작은 방으로 스며든 햇살은 자기 나약함을 이해해달라고 조금 긴 변명을 하고 있는 언젠가의 내 모습 같다. 영원히 지속되지 않는다는 걸 깨닫고, 될 수 있으면 조용히 너에게 닿은 채로 소멸하고 싶다는 고백 같다. 그러한 마음들은 쉽게 모른 척을 할 수가 없지, 아마 그래서 아침 햇살은 제법 성가시지만 미워할 수가 없는 건지도 모르겠다.

이번에 선영은 지난날 쓰다 말고 책상 위에 올려둔 자신의 일기장을 쓰다듬었다. 어두운 공간의 중심에서 살짝 열린 문 하나가 보였다. 그곳에서는 낮은 음성들이 제대로 정돈되지 않은 상태로 흘러나오고 있었다. 굳이 비유해보자면 그것은 자신의 내면과 바깥세상을 이어주는 하나의 출구와도 같은 느낌이었다. 하지만 더 활짝 그 문을 열어젖히려고 해도 여전히 그 각도 그대로 약간의 틈만 벌어져 있을 뿐 움직이지 않았다. 계속해서 그 문을 열어보려 하면 할수록 선영은 심한 갈증을 느낄 뿐이었다.

눈을 뜨고 이부자리에서 일어나니 시계는 정오를 가리키고 있었다. 선영이 잠깐 멍하니 앉아 시간이 멈춘 것처럼 평화로운 방 안을 둘러보았다. 처음엔 정말 사진처럼 그대로 멈춰 있는 기분이 들었으나, 이윽고 아주 미세한 고동처럼 시곗바늘이 움직이는 소리가 들려오고, 작은 먼지들이 햇살 속을 부유하는 것이 느껴졌다. '나도 멈춰 있을 수만은 없지.' 그런 생각과 함께 요란한 기지개를 켜고 그녀는 이불 속에서 벗어났다. 영어 공부를 하려고 책을 펼치는 순간, 아직도 완전히 떨치지 못한 졸음을 해소하기 위해서는 어떻게든 커피 한 잔의 단정함이 필요하다는 욕망이 차올랐다. 그러나 물을 끓이며 찬장을 열었을 때, 어느새 그 많던 원두가 다 사라진 것을 깨닫고는 하는 수 없이 선영은 편의점으로 걸음을 옮겼다.

─꼭 필요한 것은 날마다 여기에 없다.
  그것이 내가 이 세상에서 가장 확실하게 내놓을 수 있는 철학이다.

선영은 머릿속으로 자신의 개똥철학을 되뇌면서 편의점을 향해 걸어갔다. 커피를 사서 돌아오는 길에 선영은 지난번, 재개발구역에 한번 가봐야겠다고 다짐했던 순간이 떠올랐다. 그날부터 지금까지 별다른 일은 없었지만, 이상하게 계속해서 목구멍 어딘가에 삼켜지지 않은 무엇이 걸려 있는 듯이 이따금 자기 안에서 따끔거렸다. 어쩔 수 없이 그곳을 떠올리게 만드는 것이다. 그녀는 그 꺼림칙한 기분을 씻어내기 위해 집으로 돌아가기 전에 놀이터 옆 벤치에 앉아 작은 여유를 누리기로 했다. 그네를 타고 있는 아이들은 반사적으로 웃음을 유발하는 듯이 아주 작은 자극에도 꺄르르 웃었다. 바람이 적당히 불어오고 나무들은 가늘게 흔들렸다. 오늘 아침 이불 속에서처럼 포근한 기운은 계속되고 있었다. 하지만 그때 누군가가 애원하듯 울먹이는 표정으로 전단지를 들고 선영의 곁에 다가왔다.

"혹시 우리 보리를 보시면 꼭 좀 알려주세요."

사진 속에는 갈색 푸들이 꼿꼿이 앉아서 카메라를 응시하고 있었다.

"어디에서 잃어버리셨어요?"

"며칠 전에 산책을 갔다가 돌아오는 길이었는데 이 근방에서 잠깐 앉아서 쉰다는 게 없어졌어요."

"혹시 평소에 함께 자주 걷는 산책 코스 같은 곳이 있나요? 그쪽을 배회하고 있을지도 모르니까요."

"평소에는 이 근방에서만 산책을 해요. 잃어버린 날에는 조금 더 멀리까지 걷긴 했는데, 혹시 보시면 여기 전화번호로 꼭 좀 연락 주세요."

"더 멀리라면?"

"저기 아파트 지어지고 있는 쪽 있잖아요."

"아, 그렇군요. 혹시 보게 되면 꼭 연락드릴게요."

잠깐의 평화가 너무 아무렇지도 않게 희생당해버렸다. 과정이 어떻든 결과적으로, 방금 전까지만 해도 자신의 곁에서 다정한 졸음처럼 엉겨 붙어 있던 햇살만큼 순수한 시간들이 아주 깨끗하게 절망적인 국면을 맞이하고 만 것이다. 그러고는 짧은 침묵, 하지만 정리되지 않은 생각들이 그 침묵을 압살하며 마구 날뛴다. 선영의 주변으로는 무거운 마음이 아이들의 웃음소리와 섞이며 묘하게 스산한 분위기가 형성되고 있었다. '역시, 아무리 생각해도 무언가 벌어지고 있는 느낌이 들어.' 잔뜩 곤두선 신경을 가까스로 부여잡으며 머뭇머뭇 멈춰 있던 걸음을 옮겨 집으로 향했다. 하지만 그녀가 자리에 앉아 문제집을 이리저리 푸는 와중에도 도통 집중이 되지 않았다. 어째서인지 자꾸만 그 골목과 사라진 동물들이 머릿속에서 겹쳐지며 질주를 하듯 선영의 방을 마구 휘저어놓곤 했다. 선영은 이대로 있을 수는 없다며, 어떻게든 재개발구역까지 뛰어갔다 오기로 결심하는 지경에 이르렀다. 그 과정은 마치 이미 일정하게 시간표로 정해진 순서들처럼 깔끔하고 자연스럽게 그녀를 움직이도록 했다. 닫힌 문을 열어젖히며 선영은 질끈 운동화 끈을 묶었다.

'그곳에 무엇이 있든 없든 우선은 내가 직접 확인을 해봐야겠어.'

선영은 그런 확고한 심정으로 머리를 묶으며 계단을 내려가는데, 방금 전까지도 습한 기운이 맴돌던 자신의 손바닥이 말끔하게 말라 있는 것을 느꼈다.

'그래, 가는 김에 한의원에도 들르면 되겠다. 지난주에는 이

런저런 일들로 가지 못했으니까.'

그녀가 한의원에 도착했을 때는 안타깝게도 점심시간이 아직 끝나지 않은 시점이었다. 접수대에는 항상 단호한 태도로 한의사 선생님의 말괄량이 같은 성격을 제때 눌러주곤 하는 간호사가 앉아 있었다.

"선영 씨 오랜만이네요."

"네, 안녕하세요. 진료 시간 될 때까지 앉아서 기다릴게요."

"아니에요. 선생님은 밥을 급하게 드셔서 벌써 다 드셨으니까 바로 들어가시면 돼요."

"그래도 될까요? 감사합니다."

그 말이 끝나기 무섭게 진료실에서는 한의사 선생님의 목소리가 들려왔다.

"아니아니, 나 아직 준비가 덜 됐어, 이 간호사!"

하지만 이 간호사는 그 말에 어떠한 반응도 하지 않았다. 선영은 어쩔 줄을 몰라 복도에 멀뚱멀뚱 서 있었는데, 그 모습을 보고 이 간호사는 말없이 꼬았던 다리를 반대로 바꾸며 안쪽으로 들어가면 된다는 제스처를 취할 뿐이었다. 노크를 하자 안쪽에서는 "없어요" 하는 소리가 들려왔다.

"선생님, 그럼 저 앞에 앉아 있을 테니 준비 끝나면 불러주세요."

"아, 선영 씨예요? 들어와요. 들어와요."

"하하, 감사합니다."

선생님은 잠시 맥을 짚어보고는 말했다.

"오! 분명 증상이 호전되어 있는 것 같아요! 축하할 일이잖아, 이건?"

"맥을 짚어보면 그런 게 다 느껴지나요? 신기해요."

"아니, 맥을 짚기 전에 손바닥을 한번 쓰다듬었잖아, 그때 좀 덜 축축하길래 안 거지! 일종의 트릭이랄까?"

선생님은 그렇게 말하며 찡긋 윙크를 했다.

"한의사라면 맥으로 환자를 이해해야지! 이렇게 생각했죠 방금?"

"네? 뭐, 약간은……."

"하지만 나는 인간 MRI가 아니야. 공과 사를 구분해야지!"

"공과 사를 구분하는 거랑 그거랑은 비유가 그다지 맞지 를……."

한의원 선생님의 이상한 비유를 지적하려는 찰나, 선영은 무슨 생각이라도 난 듯이 조금 격앙된 어조로 말을 덧붙였다.

"그런데! 항상 이런 건 아니고 특정한 때에만 땀이 나지 않는 것 같아요."

"특정한 때라는 건 어떤 때를 말하는 거죠?"

"그게 사실은……."

"이 간호사, 이리 좀 들어와봐요."

그녀는 입구에 서서 아주 질색을 하는 표정으로 선생님을 바라보다가 선영과 눈이 마주치자 언제 그랬냐는 듯 상냥한 미소를 띠며 들어왔다.

"우리 같이 선영 씨 이야기를 한번 들어보자구. 이거 재미가 있다니깐."

그 말을 듣자마자 이 간호사는 턱을 괴고 앉아 나를 지긋이 응시했다.

"아무래도 상담 쪽으로는 나보다 이쪽이 탁월하지. 이 간호사 앞에서는 뭔가 거짓말을 못 할 것 같은 느낌이 들거든."

그녀는 가볍게 고개를 끄덕이더니 잠깐 시계를 본 뒤, 서두르지 않아도 된다는 듯이 편안한 자세를 취했다.

"아니 뭐, 그렇게까지 대단한 이야기는 아닌데……."

그렇게 말하자 두 사람은 일제히 몸을 앞으로 굽히며 적극적으로 이야기 들을 준비가 된 사람처럼 선영을 자극했다.

"그러니까 제가 얼마 전에, 그 도시 전설 이야기 있잖아요. 쓰레기장 귀신."

"선영 씨도 그런 취향이 있었나?"

"아뇨. 그게 아니라, 그런데 그런 취향이란 게 도대체 어떤 거죠? 아무튼 그 쓰레기장 귀신을 본 것 같아요. 아니, 정확하게 이야기하면 제가 직접 본 건 아니구요. 그 골목에서 건너편이 자세하게는 보이지 않았는데, 그러니까 그 어둠 너머에 분명 무언가 있다는 건 확실히 느껴졌거든요. 단순히 혼자 어두운 골목에 서 있어서 무섭다는 느낌이 아니라, 가슴이 서늘했고 온몸이 본능적으로 위험에 반응하는 것처럼 떨려왔어요. 태어나서 그렇게 차가운 기분은 처음 들었어요. 그래서 뒤도 돌아보지 않고 달려서 집까지 왔는데, 그때 처음 알았어요. 손에 땀이 완전히 말라 있더라구요. 한의원에서 선생님과 도시 전설 이야기를 할 때도 그랬고, 오늘도 자꾸만 그곳에 대한 묘한 호기심 같은 것이 들어서 조금 밝을 때라도 다녀와야겠다! 그렇게 마음을 먹었더니 또 땀이 멈췄어요."

두 사람은 간식을 앞에 둔 고양이처럼 눈을 동그랗게 뜨고 있었다. 그 두 사람이 함께 있는 자리가 이렇게나 조용했던 것은 처음이었다. 아무래도 각자의 생각에 깊이 빠져들어 무언가를 떠올리는 모양이었다.

"나 뭔가 알 것 같아."

"네? 정말요?"

선생님이 갑자기 무릎을 탁 치며 다시 한 번 내 손목을 잡고 맥을 짚었다.

"이봐, 이봐, 아니 좀 이상하긴 했지. 선영 씨 맥을 짚으면 말이야, 뭔가 좀 거꾸로 간다는 느낌이 드는 거지."

"방금 전까지 진맥으로 그런 걸 알 수는 없다고 하셨잖아요……."

"선영 씨 기를 느끼는 건 내 특기 분야라구요! 나참, 공과 사를 구분하시라니까!"

"그러니까 그 공과 사라는 게……."

한의사 선생님은 그런 선영의 말을 단호하게 가로막으며 말을 이었다.

"쉽게 설명하자면 원래 신체라는 게 말이야, 비유해보자면 감정의 움직임을 통해서 그 변화가 일어나는 장소 같은 거잖아. 근데 선영 씨는 그 맥박의 흐름이 좀 평범하지가 않아. 반대로 되어 있는 것 같은 의아한 기분이 든다니까. 가끔씩 특정하게 어떤 체질이라고 구분할 수 없는 사람들이 있지. 예외적인 사람인 거야."

그 말을 들었을 때, 선영은 혹시 자신의 초능력에 대한 비밀을 들키게 될까 봐 당황하기도 했지만, 그리 대단한 것도 아니기 때문에 얼른 침착함을 되찾을 수가 있었다.

"그렇다고 해도 왜 긴장이 더 되어야 할 때 오히려 땀이 멈추는 거냐구요."

"그렇지, 바로 그런 거지. 긴장할 때 남들은 땀이 나는데! 선영 씨는 긴장을 안 할 때 땀이 나는 거지. 일상생활을 할 때 말이야."

"면접 볼 때나 뭐 당황스러울 때는 계속 땀이 나는 걸요."

"어어, 거기까진 나도 모르지! 공과 사! 한 번에 너무 많은 걸 증명할 순 없다구. 내가 심리학자가 아닌 이상!"

명확하게 정의 내릴 수는 없었지만 선영에겐 무언가 자신의 증상에 대한 실마리를 얻은 기분이 들어, 조금의 기대감 같은 것이 수군수군 일어나는 것을 느꼈다.

"그러고 보니 아주 어렸을 적엔 땀이 나지 않았던 것 같아요. 중학교를 들어갈 무렵이었나, 교복을 입고 내 손에 땀이 아주 많이, 그것도 자주 흐른다는 걸 깨달았던 기억이 나요."

"그렇다면 선천적으로 다한증을 겪었다는 말은 아닌데, 그걸 왜 지금까지는 말 안 했어요?"

"저도 이렇게 구체적으로까지 생각한 적은 없어서…… 어느 순간부터 그냥 원래 그렇다고 생각해버렸던 것 같아요."

선생님의 물음에 선영이 대답을 하자 이번에는 이 간호사가 무언가 생각난 것이 있다는 듯 입을 열었다.

"음, 일종의 인지 부조화 같은 걸까나……."

"인지 부조화?"

그녀의 말에 선생님과 선영은 동시에 같은 반응을 보였다.

이 간호사는 선생님을 일으켜 세워 흰 가운을 뺏어 입더니
다시 앉아 다리를 꼬고 말을 이었다.

"본래는 그렇지 않았는데, 어느 순간부터 그렇다고 믿게 됐
다, 라…… 역시 인지 부조화야."

선영이 잠깐 멍하니 말을 잇지 못하자 보다 못한 선생님이
물었다.

"우리가 궁금한 건 그 인지 부조화가 무엇인지라구!"

하지만 아랑곳 않고 그녀는 계속해서 말을 이어나갔다.

"어쩌면 선영 씨는 어떤 계기로 인해서 손에 땀이 나기 시
작했는데, 계속해서 본래의 자기 모습과 현재의 상황 사이
를 망각하다가 끝내는 처음부터 줄곧 자기는 손에 땀이 많
은 사람이라고 생각하게 돼버린 거죠. 그러다 다시 무언가
가 그 동기를 건드리기 시작한 거지. 그래서 인지 부조화의
흐름에 변화를 초래한 거야."

"갑자기 그렇게 말씀하셔도 저는 이게 무슨 상황인 건지 도
통 모르겠어요. 이 간호사님은 어떻게 그런 걸 아세요?"

"나는 심리학을 전공했으니까요."

"간호사가 간호학과를 나온 게 아니구요?"

선영이 그렇게 물으니 옆에서 선생님이 호탕하게 웃으며
설명했다.

"이 간호사 있잖아, 간호사 아니야. 그거 그냥 그 말이 멋있
어 보인다고, 그렇게 불러달라고 제멋대로 정해버린 거지.
접수처 직원이야, 이 간호사는."

말이 끝나자 선생님은 다시 그녀에게서 자신의 흰 가운을
뺏어 입었다. 한바탕 콩트를 찍는 것도 아니고, 심각한 사

람 앞에서 장난스러운 말과 행동들이 지나친 건 아닌가 하는 생각이 들었지만 선영은 딱히 그 기분을 말로 표현하지는 않았다. 어디서부터 어떻게 이해를 해야 하나, 그 순간에도 손안에 제법 땀이 맺혔고, 그 촉감 속에는 잘 익은 복숭아 향기와 같은 것이 스며들어 있지는 않을까 싶을 정도로 그녀의 얼굴은 붉게 달아오를 뿐이었다.

"저 이 간호사, 우리 커피 두 잔만!"

이 간호사는 커피 심부름을 지금 왜 시키는지에 대해서 좀처럼 이해할 수 없다는 듯이 선생님을 째려보았으나, 곧이어 선영의 얼굴을 보고는 곧장 "네~" 하고 아주 상냥한 말투로 자리에서 일어났다.

"저, 우선은 제가 확인해볼 것이 있어서 그 골목에 다시 한 번 다녀와야 할 것 같아요."

"선영 씨, 그러다 정말로 쓰레기장 귀신이랑 마주치면 어쩌려구?"

"그러면, 그럼 선생님한테 전화할게요."

"아니, 아니아니, 전화하지 마. 귀신이랑 있는데 왜 나한테 전화를! 에구."

선생님은 정말로 겁에 잔뜩 질린 표정으로 고개를 홱 돌렸다. 선영은 "그럼 다녀오겠습니다! 인지 부조화라든지 땀이라든지 그런 건 다녀와서 다시 이야기해요" 하고 말하고는 냉큼 자리에서 일어났다.

"거짓말을 하고 있는 거예요, 선영 씨는."

진료실을 나서자 이 간호사가 내게 그렇게 말을 했다.

"그게 무슨 말이에요?"

"인지 부조화란 아주 쉽게 설명하면 자기 합리화로 무언가를 부정하고 있다는 말이에요."

"제가 저를 부정하고 있다구요?

9.

마침내 선영이 그 골목 앞에 섰을 때 그곳에서 그날의 서늘함 같은 것은 전혀 찾아볼 수 없었다. 다만 그 길고 좁은 골목을 지나자, 생각했던 것만큼 이 부근이 완전히 폐허 같지는 않았는데 몇몇 소형 주택이 여전히 그곳에 남아 주거 기능을 수행하고 있음을 깨닫게 될 뿐이었다. '이제 어떻게 해야 하지?' 그러한 물음을 지닌다고 해도 딱히 다음 일이 쉽게 떠오를 것 같지는 않았다. 이곳을 드디어 자신의 두 눈으로 확인했다는 성취감이 아니라, '나를 부정하고 있다'는 말의 의미에 더 큰 신경을 쏟고 있는 듯했다.

선영은 잠시 공터에 주저앉아 과거 기억들을 조금 더 세심하게 되돌아볼 필요성을 느꼈다. 학창 시절 자신에게 일어난 큰 사건들에는 어떤 것이 있었는지. 그녀가 언제부터 굳이 자신의 감정에 확신을 지니지 못하게 됐는지, 또 그러한 태도가 어떻게 자신의 몸에 영향을 끼치게 됐는지와 같은 것들을 생각했다. 그녀는 그 고민 속에서 '나를 부정한다'는 것이 어떤 의미인가에 대한 벽에 부딪혔다. 나를 부정한다. 내가 자신에게 거리감을 느끼고 꺼린다. 내 마음과 다른 말과 행동을 한다. 거짓말을 일삼는다. 문장들을 조금씩 바꿔보면서 생각의 길을 열어갈 때, 그녀도 모르는 사이 조금씩 해가 저물고 있었다.

해가 저물기 시작할 무렵의 시간은 정오의 시간과 공평하게 흘러가지 않는다는 생각이 들 정도로 빠르게 어두워졌다. 가로등이 머리맡에서 반짝이는 순간이 찾아올 때까지 선영은 주변을 제대로 인식하지 못한 채 거기에 머물러 있었고, 마침내 주위가 온통 어둠으로 뒤덮이고 나서야 뜻밖에 방향감각을 잃어버린 인간처럼 멍하니 주변을 돌아볼 뿐이었다. 아마도 그녀가 지나온 골목은 지금쯤 완전한 밤의 영역에 도달했을 것이다. 어쩌면 그곳에는 선영이 두려워하는, 하지만 속으로는 꼭 대면하여 그 실체를 확인하고 싶은 대상이 조금씩 이쪽을 향해 걸음을 옮기고 있을지도 모른다.

선영은 약간의 현기증을 느꼈다. 풀리지 않은 의문들 속으로 너무 깊이 들어간 까닭이다. 그녀의 손은 가늘게 떨려왔다. 하지만 씩씩하게 선영은 손가락 끝으로 옅은 불빛을 밝히며 다시 그 장소로 나아갔다. 이제는 마치 이 행동이 원인을 밝힌다거나 문제를 해소한다는 부류를 추월한 듯이 느껴지기도 했다. 가여운 선영, 진정 알 수 없는 일들이 일어나는 장소는 이 도시가 아니라 자기 마음의 깊은 영역이진 않을까. 그리고 다시, 마침내 그녀는 그 어둠 앞에 도달했다.

하지만 이전과는 다르게 바람 소리만이 유유히 넘어오던 그 너머의 공간에서는 터덜터덜 발걸음이 일정한 소리를 만들어내며 조금씩 가까워졌고, 선영은 옆에 있는 파이프

하나를 주워 들어 떨리는 눈빛으로 그곳을 계속 주시하고 있었다. 그럼에도 온몸에 힘이 풀리는 듯하여 입술을 꽉 깨물었다. 선영은 정확하게 누구를 향하는 것인지도 모를 말을 내뱉었다.

"거기 누구예요!"

그러자 어둠 속에서는 헝클어진 머리칼을 한 도시 전설의 귀신이 품에 가득 물건을 안고 희미하게 내려오는 가로등 빛들을 지나며 그 모습을 드러냈다. 선영은 뒷걸음질을 치다가 그만 넘어져버리고 말았고, 어쩔 수 없이 들고 있던 쇠로 된 파이프를 마구 휘둘렀다.

"저리 가! 갈 길 가라구! 네가 갈 길로 가!"

선영이 그렇게 얼마간 미친 듯이 "네가 갈 길로 가!"—어렸을 적 그녀의 동네에서는 귀신을 보면 '네가 갈 길로 가!' 하고 외치며 배짱을 부려야 귀신이 괴롭히지 않고 지나간다는 소문이 있었다—를 외치는 동안 큰 미동 없이 가만히 그 자리에 머물러 있던 귀신이 드디어 본색을 드러냈다.

"적당히 좀 해! 적당히! 진짜 경찰에 신고할 거야, 당신들!"

기묘한 일이었다. 선영은 자신의 귀를 의심했다. 귀신이 오늘날의 현실이 불합리하다고 경찰에 신고 전화를 할 수도 없는 노릇이고, 더군다나 그 목소리는 제법 젊은 남자의 톤이었으며, 되레 본인이 더 큰 스트레스를 받고 있다는 뉘앙스를 잔뜩 풍겼기 때문이다. 그 순간은 바닥 없이 내려앉고 있던 그녀의 두려움이 마침내 지면에 닿아 그 반발력을 형

68

성하기에 충분했다.

"사람입니까?"

그녀가 질문을 던지자 손전등 불빛 같은 것이 선영을 비추기 시작했다. 게슴츠레 눈을 뜨며 이번엔 공교롭게도 눈앞이 너무 밝아 그 너머의 사물을 제대로 분간하지 못하는 아이러니에 봉착하고 만 것이다. 하지만 그 너머에서는 긴장을 한껏 머금은 호흡과 함께 "무슨 소리야. 여기서 죽치고 있어봤자 귀신 같은 건 없어" 하는 말이 넘어왔다. 분명, 사람이었다.

"뭐야, 그쪽이야말로 누구시죠?"

"아, 그게, 저는 그냥 잃어버린 강아지를 좀 찾고 있었어요."

"강아지? 도시 전설 때문에 여기 온 사람 아니구요?"

"뭐, 쓰레기장 귀신에 대한 이야기도 한몫하긴 했지만."

"저는 귀신이 아닙니다. 여긴 우리 집 가는 골목이라구요."

그즈음 선영은 긴장이 풀려서 나른하게 온몸의 힘이 빠지는 것을 느꼈다. 어느새 어둠에 익숙해진 동공이 크게 확장된 이후에는 그렇게나 새까맣던 이 골목이 여느 곳에서나 볼 수 있는 다소 좁은 골목 정도로 보였고, 자연히 지금까지와는 다른 태도로 이 공간을 바라보자 자신을 둘러싼 주변의 공기 역시 조금은 덜 무겁게 느껴졌다.

"아직도 이쪽에 거주하시는 분들이 있나요?"

"일전엔 용역 업체에서 나와서 이 일대에 거주하는 사람들을 모조리 강제이주시키듯 쫓아버렸는데 글쎄, 공사가 부도가 나면서 몇 년째 진행이 멈춰 있잖아요. 원래 아파트 부지로 예정되어 있던 몇몇 주택 중에서도 아직 보상을 받지 못한 사람들은 그냥 여기에서 계속 살고 있어요."

"그러면 쓰레기장 귀신이란 건 대체, 소문이라기엔 봤다는 사람들이 다 비슷하게 귀신을 묘사했어요. 눈을 덮을 만큼 길고 헝클어진 머리카락, 왜소한 몸집, 상체가 조금 많이 기울어 있는 걸음걸이에 푹 파여서 보는 이를 얼어붙게 하는 눈빛……."

그렇게 이야기를 하면서 선영은 자연히 그 설명들이 지금 자기 앞에 있는 남자와 제법 잘 부합한다는 것을 깨달았다. 하지만 다른 것이 있다면 그 사람의 눈빛은 차갑다기보다는 오히려 선한 인상이 묻어 있다는 정도였다.

"지금 제가 그 소문의 대상이라고 생각하고 있죠?"

"비슷한 것 같긴 한데 일단은 사람이니까, 소문은 정말 그냥 소문이었나 보네요."

"이 일대에는 건설자재들이나 분리수거된 용품들 중에서 꽤나 쓸모 있는 것이 많아요. 그래서 필요한 것이 있다거나 눈에 띄는 것이 있으면 주워 가곤 했는데 그걸 본 사람들이 지레 겁을 먹고 한 말인 것 같아요, 그건."

남자의 손에는 오래된 책들이 노끈으로 묶인 채로 들려 있었다.

"아무튼 전 수상한 사람은 아니고, 옛날부터 여기 살던 사람이에요. 그러니 괜한 겁을 먹으실 필요 없습니다. 이미 몇 번이나 경찰들도 다녀간걸요."

남자가 조금씩 거리를 좁혀오자 그의 손에 들린 책들이 실은 고전소설 전집이었음을 알 수가 있었다. 그리고 양손으로 받치고 있는 그 책 더미의 가장 위에는 오래된 낡은 카메라도 하나 얹어져 있었다.

"괴상한 관심들에 지쳐요. 저는 그냥 인생을 성실하게 사는 사람일 뿐입니다."
그의 말 앞에서 선영은 자신의 잘못된 관심이 누구 한 사람을 아프게 할 수도 있다는 걸 느꼈다. 그게 비록 정의나 바른 일을 위한 것이라 할지라도.

2
부

1.

선영의 무릎에서는 피가 흐르고 있었다. 남자는 그 모습을
바라보며 속으로 괜한 죄책감을 느끼는 듯했다. 그 무렵 그
들 사이의 어떤 오해들은 각자의 삶에 대한 허탈함 같은 것
으로 뒤바뀌고, 마침내 둘 사이의 거리가 차츰차츰 줄어들
어 손을 내밀면 마주 닿을 정도로 가까워졌다. 남자가 어떤
생각을 하는지, 선영이 지금 무엇을 느끼는지 서로는 전혀
알지 못했지만, 두려움으로부터 조금씩 해방되고 있는 그
골목에서는 서늘한 바람 대신에 언젠가의 서운함과도 비슷
한 채도의 달빛이 은근히 그들을 비추었다. 선영은 그제야
무릎이 쓰리다는 것을 느꼈고, 자신이 넘어지면서 지면에
강하게 무릎을 부딪혔다는 사실을 깨달았다.

마침내 밤의 저편에서 건너온 남자가 낯선 여자에게 손을
건넸다. 선영은 손을 뻗었고, 다행히 그녀의 손에 땀은 그
리 많지 않았다. 남자의 손은 두껍고 거칠었다. 너무 단단
해서 마치 그 속에 어떤 것들이 있을지 궁금증을 자아내는
금고 같았다.
"죄송해요. 귀신이라고 오해해서……."
가까이서 마주하니 남자는 선영과 비슷한 또래의 그저 평범
한 사람인 듯했다. 선영은 사과를 건네면서 속으로 사람은
실제로 보는 것보다 자기가 느끼는 것을 상대에게 덮어씌울
수밖에 없는 운명을 타고난 것인가 하는 생각도 들었다.

"피가 나네요. 우선은 그 쇠파이프를 좀 내려놓고 말씀해주시면……."

남자의 말에 선영은 자신의 반대쪽 손을 바라보았고 거기에는 마치 자신의 본래 신체 부위라도 되는 양 아주 단단해 보이는 파이프가 매달려 있었다.

"아, 죄송해요. 내려놓을게요. 실례가 많았어요!"

선영은 가볍게 목례를 하고 그 자리를 벗어났다.

남자는 그 모습을 물끄러미 바라보다가 아무런 말도 않고 자신의 집으로 돌아갔다. 집으로 돌아오자 남자는 오늘 자신이 쓰레기 더미에서 가져온 물품들을 하나씩 정리하기 시작했다. 그의 집에는 여러 가지 잡다한 물건이 많아서 자칫 어지러운 느낌을 자아내기도 했으나, 그것들은 저마다 질서 정연하게 자신의 자리에 잘 정리되어 있었다. 그는 책장에 책을 꽂고, 카메라가 잘 작동하는지 확인하기 위해서 필름을 넣고 자신의 방을 향해 첫 번째 셔터를 눌렀다. 카메라는 미세한 기계음을 내며 제대로 작동했고, 표면적으로는 그것이 여전히 사용 가능한 것이라는 인상을 주었다. 하지만 사진이 현상되기 전까지는 카메라가 정상 작동을 하고 있는지 정확하게 분별할 방법이 없기 때문에 남자는 되는대로 부지런히 사진을 찍어 얼른 현상을 해보고 싶다는 생각을 했다.

그날 밤 남자는 꿈을 꾸었다. 꿈속에서는 오늘 보았던 여성이 자기 앞에서 가벼운 인사를 건네고 은은하게 달빛이 내려앉는 골목으로 사라져갔다. 다음 날도, 그다음 날도 남자는 같은 꿈을 꾸고 여전히 그녀는 멀어지고 멀어질 뿐이었다. 그렇게 며칠이 흐르고, 남자는 자신이 그녀를 궁금해하고 있다는 걸 처음으로 깨닫게 됐다. 누군가를 궁금해한다. 그것이 전하는 목마름에 대해서 그는 이제껏 경험해보지 못한 갈증을 처음으로 접하고 만 것이다. 그날 골목에서 한 손에는 쇠파이프를 들고, 무릎에는 피가 나는 한 여성이 "사람입니까?" 하고 자신에게 묻는 순간이 오기까지, 그는 오직 컨베이어 벨트에서 조립 부품을 끼워 맞추듯 다른 것에는 몰두하지 못한 채로 기계 부품처럼 제자리에서 기능을 하는 데 급급했을 뿐이다. 그가 낭만이란 것을 품는 시간은 오직 물건을 수집하고 보관하는 순간이 전부였다.

남자는 한밤중에 냉장고 문을 열어 차가운 우유 한 잔을 마셨다. 창밖으로는 비가 내리고 있었다. 그러면서 그 골목에 한층 더 스산한 기운을 더할 이 날씨 때문에 제법 많은 인파가 쓰레기장 귀신을 떠올리겠군, 하고 생각했다. 남자는 우산을 쓰고 거리를 걸었다. 잠이 오지 않는다는 핑계를 대었지만, 사실은 또 같은 꿈을 꾸는 것에 대한 걱정 때문이었다. 비가 오는 날에는 재활용품이나 폐기물을 자세히 살펴보는 것이 힘들기 때문에 그는 습관처럼 눈길이 가는, 꽤나 큰 규모로 방치되어 있는 건축자재 더미 옆을 잠시 서성이다 그대로 지나쳤다. 빗소리를 들으며 바깥공기를 쐬자니 무언가 가슴 안에 있는 허전함이 그럭저럭 가시는 듯했으나, 실은 그러한 감각은 빗소리가 사람의 마음을 투영하며 문득 떠올리게 만들 그 무언가에 대한 전조일 뿐이었다.

빗소리는 그렇게 사람의 마음을 차분히 가라앉혔다가 뭔지 모를 그리움에 젖어들게 만드는 걸 즐기는 듯하다.

공사가 중지된 아파트 단지는 생각보다 큰 부지를 차지하고 있어서 걸어서 다 둘러보기에는 꽤나 무리가 되는 정도였다. 하여 남자는 구역을 정해서 번갈아가며 쓸 만한 물건들이 있는지 살펴보곤 했다. 그럴 때 그는 마치 환경이 만들어낸 생존 방식을 종교처럼 따르는 듯이 보였다. 자신이 살아가는 이유가 마치 버려진 곳에서 무언가 쓸모 있는 것을 찾아내는 일인 듯이, 버려진 물건들을 의욕적이고 세심하게 입양해왔다.

이윽고 남자의 걸음이 바로 그 골목 앞에 당도했을 때 오직 빗소리만이 시간이 흐른다는 사실을 알려주는 그 공간에 서서 가만히, 자신을 쓰레기장 귀신이라고 부르는 사람들이 살고 있는 골목 너머의 세상을 바라보았다. 그는 완연한 봄날임에도 두터운 터틀넥 상의를 입었는데, 그것은 유난히 편도샘이 자주 붓는 자신을 위해 그가 행하는 몇 안 되는 배려이기도 했다. 계절과는 어울리지 않는 옷차림처럼 그의 마음속에도 그렇게 무언가 자연스럽지 못하다고 느껴질 만큼 감정을 뒤덮고 있는 헝겊들이 있었고, 그것들은 나지막이 떨어지는 빗소리만큼이나 잘게 부서지며 자신의 진짜 감정을 감추곤 했다.

비와 어둠이 적절히 섞인 골목의 풍경은 정말 도시 전설처럼 귀신이 나올 것 같은 분위기를 자아내고 있었다. 하지만 거기에 귀신은 없다. 귀신을 믿고 있는 사람들의 두려움만이 정처 없이 떠돌 뿐이다. 남자는 말없이 뒤돌아 집으로 걸음을 옮겼는데, 가로등 아래에서 말라비틀어진 강아지 한 마리가 쓸쓸히 추위에 떨고 있는 것을 발견하고 말았다. 그는 지금껏 수많은 버려진 것을 수집해왔으나, 아직까지 한 번도 살아 있는 것을 입양해본 경험은 지니고 있지 않다. 하지만 그때 꿈속의 여자가 간절하게 이야기했던 "강아지를 찾고 있어요"라는 한마디가 그를 한참 그곳에 머무르게 했고, 강아지에게 다가가서 얼마 전 그가 그랬던 것처럼 가볍게 손을 내밀었다.

그러나 거리의 강아지는 최소한의 경계를 계속 허물지 못하고 그와의 간격을 유지할 뿐이었다. 살아 있는 것과의 조우, 남자는 오랜만에 물건이 아니라 생명을 대하고 있었다. 그는 근처 마트에서 통조림과 소시지를 사 와서 강아지 앞에 놓아두었다. 강아지는 허겁지겁 그것을 삼켜댔다. 소화를 하는 데 약간의 무리가 있는 듯이 캑캑거리기도 했지만 살아남기 위해서 더 많은 음식을 섭취하려고 안간힘을 썼다. 남자는 그 모습이 안쓰러워 강아지 옆으로 다가가려 했다. 그리고 그 순간 자신에게도 다소 낯선 감각이 그의 주변을 감싸고 있다는 사실을 느꼈다. 고독에 너무 익숙해져 있던 이가 자신의 마음을, 다른 누군가를 안아주는 일에 쓰고 있다는 것이 스스로를 놀라게 했다. 그 중심에 어느 밤, 골목에서 만난 단 한 번의 인연이 있다는 사실이 놀라웠다.

그는 그녀가 찾던 강아지가 혹시 이 녀석은 아닐까 생각했다. 하지만 강아지는 낯선 이를 경계하며 일순간 어둠 저편으로 사라져버리고 말았다.

남자는 그날 밤, 꿈속에서 어떤 물건을 분해하고 있었다. 하지만 아침이 되어 눈을 뜨자, 자신이 무엇을 왜 그렇게 낱낱이 들여다보고 있었는지 전혀 기억하지 못했다. 그는 그러한 사실에 묘한 서운함을 느끼는 것 같기도 했다. 그는 알람 시계가 울리기도 전에 일어나 면도를 했다. 출근을 준비하는 데는 그리 오랜 시간이 필요하지 않았다. 작업복을 입고 출근길에 나선 그는 무언가 깜빡 잊은 것이 있다는 듯 다시 집으로 돌아가, 오디오에 적당한 음량으로 음악을 틀어놓으며 말했다.

"다녀올게."

2.

선영은 영어 시험을 치르기 위해 시험장으로 향하고 있다. 골목에서 귀신의 실체와 마주했던 그날 이후로도 몇 번 한 의원을 찾아갔지만 아직까지 인지 부조화라든지, 땀이 흐르지 않게 하는 방법에 대해서는 구체적으로 이해하지 못 했다. 알아낸 것이라곤 오직, 쓰레기장 귀신이란 존재하지 않는다는 사실뿐이었다. 하지만 그것에 대해서 한의원 선생님은 아주 난감한 반응을 보였다.

"뭐라구? 에이, 고작 삐쩍 마른 남자애를 보고서 귀신이라고 그 난리를 쳤단 말이야?"

"네. 그 남자도 자기가 그런 오해를 받고 있다는 걸 조금 아는 눈치였어요."

"하아, 갑자기 그 남자의 맥을 한번 짚어보고 싶어지는군."

"네? 그 사람 맥은 왜요?"

"뭔가 그럼 한때 귀신이었던 사람의 맥박을 짚어내는 거잖아. 선영 씨, 그건 생각만 해도 설레는 일이라구요."

선영은 그런 선생님을 보며, 어떻게든 또 다른 도시 전설을 만들어내고 싶어 안달이 나 있는 것 같다는 생각을 했다.

"그리고 제가 생각해봤는데요, 그때도 손에 땀이 그렇게 많이 나지는 않았던 것 같아요."

"뭐, 귀신이랑 손잡을 때요?"

"아니, 귀신이 아니라 평범한 남자였다니까요."

"흠, 내가 선영 씨 때문에 의대 학부생 때도 안 보던 심리학

책을 사서 공부를 다 했다니까."

"그래서 뭐 좀 알아내셨나요? 앗!"

선영이 그렇게 물을 때, 마침 굵은 침이 그녀의 허벅지를 파고들었다.

"자, 침은 다 들어갔으니 움직이지 말고 편안히 앉아서 들어봐요. 그러니까 인지 부조화라는 게, 쉽게 설명하자면 어리석은 선택을 하거나 자신의 믿음에 아주 큰 실망을 했을 때, 그때 자기가 그런 행동을 하거나 마음을 가진 건 정말이지 불가피한 일이었다고 스스로에게 강요해버리는 거야. 그렇게 되면 아주 분명한 오류나 합리적인 증거 앞에서도 그걸 받아들이지 못하고 자기만의 생각에 갇혀버리게 돼. 현실을 바꿀 수가 없으니까 자기 마음의 태도를 바꿔버리고, 그걸 현실이라고 착각하게 되는 거지."

선영은 머릿속으로 그 대화를 다시 한 번 쭉 떠올려보는 동안 어느새 시험장 앞에 도착해 있었다. 수험 번호에 알맞은 자리로 가서 짐을 풀고 앉았지만 집중이 잘되지 않아서 걱정이 되었다. 어떻게든 시험이 끝나고, 그녀는 다른 사람들이 시험장을 다 빠져나갈 때까지 가만, 제자리에 앉아 있었다. 가뜩이나 소란스러운 마음이 많은 인파 속에서 같이 뒤엉키는 게 싫었던 탓이다. 주변이 조금 잠잠해지는 걸 확인하고 나서야 그녀는 자리에서 일어났다. 그리고 그녀가 복도를 벗어나려는 찰나, 누군가가 반갑게 그녀의 이름을 불렀다.

"선영아! 선영이 아니니?"

뒤를 돌아보며 그녀는 자신을 부르고 있는 사람이 아는 사람인가, 의아한 표정을 지었다. 그녀가 "나야, 세경이"라고 말했을 때, 비로소 중학교 때 같은 반이었던 동창이라는 걸 희미하게 느끼게 되는 정도였다. 선영의 기억 속에서 두 사람은 그리 가까운 관계는 아니었다.

"어! 오랜만이야, 세경아."

"시험 치러 왔어? 나 오늘 감독관이었거든! 너무 반갑다. 우리 커피라도 한잔할까?"

사실 그녀와의 기억이 그리 많지 않았던 선영은 상대의 반가움이 조금은 부담스럽게 느껴졌지만 딱히 거절할 이유를 찾지 못해서 "그래, 그러자"라고 답했다.

근처 카페에서 두 사람은 커피를 사이에 두고 그간의 안부를 물었다. 세경은 매끄럽게 자신의 이야기를 하곤 했지만, 어찌 된 영문인지 선영은 그런 세경의 말을 들으며 더듬더듬 기억을 되새겨볼 뿐이었다. 세경은 오늘 시험장이었던 학교에 부임한 지 얼마 되지 않은 선생님이었다. 그녀는 임용 첫해부터 적극적으로 학급의 담임을 자청할 만큼 의욕이 넘치는 모습이었다.

"예전에 내가 널 많이 닮고 싶었던 거 알아?"

"나를? 나를 왜?"

선영은 자신을 닮고 싶었다던 세경의 말에 조금 당황한 기색을 보였다.

"너는 공부를 잘했잖아. 그리고 무엇보다 자기감정 표현에 솔직한 사람이었고. 별로 친하진 않았지만, 동급생이 보기에 너는 주변에 언제나 사람들의 애정이 넘치는 인기 많은 애였으니까."

"내가 그랬던가…… 사실 중학교 때 일은 잘 기억이 안 나."

"나는 너랑 친해지고 싶었는데, 그때는 우리 사이에 공통분모가 부족하다고 느꼈던 것 같아. 나는 그때 지나치게 소극적인 아이였거든. 그리고 네가 그렇게 전학을 가버리고 나서는 사실 마주칠 기회가 없었잖아. 그래도 이렇게 만나게 되어서 너무 반가워."

선영은 무언가 불안한 듯이 휴지를 만지작거리면서 스스로 어느 순간부터 많은 땀이 나고 있다는 걸 알아차렸다. 그러곤 마침내 자신이 별일 아니라며 잊고 있던 과거의 어느 시점에도 삶의 궤도를 조금씩 비틀며 그때와는 전혀 다른 오늘로 조금씩 '나'를 변모시켜왔던 사건이 있었다는 걸 서서히 느꼈다.

"슬기 소식은 들었어?"

"그 애 안부를 왜 나한테 물어? 중학교 때 이후로 연락해본 적 없어."

"정말? 그치만 너희 제일 친한 친구였잖아."

"어렸을 때잖아. 그땐 서로 잘 맞지 않아도 제일 추억이 많은 아이가 가장 친한 아이 역할을 맡곤 했으니까, 뭐."

선영은 그렇게 말을 하며 고스란히 덮어두었던 오래된 앨범 하나를 조심스레 열어젖히는 듯한 기분이었다.

"그렇구나. 두 사람 참 보기 좋았는데……."

친구의 말에, 선영은 어떻게든 비어가는 찻잔 속에서 그다음에 할 말을 찾고 있는 사람처럼 조금씩 미지근해지는 그 작은 공간만 빤히 바라보고 있었다. 언제부터인가 조금의 안면이라도 있는 사람과의 대화는 불편해지기 시작했다. 딱히 상대방이 상처 주려고 하는 말들이 아닌 걸 알면서도, 결국에는 그 대화들이 잠들기 전에 다시 천장에 떠오르며 그녀의 혼란을 야기하곤 했다.

"너희 두 사람, 혹시 그때 그렇게 다투고 나서부터 서로 멀어진 걸까?"

"왜 다퉜는지도 잘 생각은 안 나. 어렸으니까 뭐 별것 아닌 일이었겠지. 근데 왜 자꾸 슬기 이야기만 하는 거야?"

선영의 목소리에는 그간 꾹꾹 숨겨두고 있던 감정들이 파도처럼 떠밀려 왔다. 세경은 그런 선영의 손을 가볍게 두드리며 진정시키려 했지만, 선영은 반사적으로 손을 테이블 아래로 숨겼다.

"그냥. 너를 보면 그 친구가 생각나고, 그 친구를 보면 네가 생각나곤 하는데, 두 사람은 전혀 연결되어 있지 않다고 생각하니까 어딘가 조금 어색한 기분이 들어서 말이야."

"너 슬기랑은 연락하고 있었구나."

"응, 대학교를 졸업할 때쯤이었나, 동창회에서 슬기랑 만났어. 슬기는 네가 그 자리에 없는 게 조금 아쉬운 눈치던데?"

"십 년도 전에 친했던 사이야. 이제는 거의 남이나 다름없는 거 아닌가."

그 말을 듣고서 세경은 자신의 몸을 살짝 앞으로 기울이며 선영을 바라보았고, 선영은 시계를 한번 바라보고는 창밖으로 시선을 옮겼다.

"글쎄, 불편하다는 건 아직 연결되어 있다는 뜻 아닐까. 완전한 절교는 그 대상에 대한 감각을 무뎌지게 만들어. 전혀 관계없다고 생각해버리는 거야. 하지만 너희들은 아직도 서로를 생각하면 어딘가 찜찜하지? 아직도 너희 둘을 이어주는 무언가가 있다고 나는 생각해."

"우리 두 사람을 이어주는 거, 그건 내가 했던 거짓말 같은 거야."

"거짓말?"

"응. 거짓말."

"거짓말 때문에 서로 멀어지게 됐다는 거야?"

"응. 내가 거짓말을 했어. 하지만 더 이상은 말하지 못해."

선영은 자신과 가장 가까웠던 친구와의 관계가 '거짓말 때문이었어'라는 단 한 줄의 문장으로 요약될 수 있다는 것이 못내 안타까웠다.

"그렇구나. 근데 선영아, 슬기는 다 이해하는 눈치였어. 그런 거짓말쯤 지금은 아무것도 아닌 거잖아."

"이제 와서 그 애가 이해하고 말고는 중요하지 않아. 이해라는 건 어느 한쪽만 한다고 해서 가능한 일은 아니니까. 과거에 있었던 일 같은 건 지금에 와서 굳이 떠올리고 싶지도 않고, 나는 그냥 열심히 내 하루에 충실하고 싶어. 누군가와의 관계를 바로잡는 일에 에너지를 낭비할 만한 상황은 아니니까."

선영은 마음속 아주 깊은 곳에 두터운 사슬로 감아 못을 박고, 그것으로도 모자라 몇 겹의 상자 속에 포개어 숨겨두었던 작은 스위치 같은 것이 다시금 활성화됐음을 느꼈다. 그 결과로 그녀는 그 순간 자기 인생에서 지워지지 않는 멍에를 또다시 떠올리고 말았다.

침묵이 둘 사이에 어떠한 말도 전해지지 않는 진공의 벽처럼 내려앉아 있었다. 하지만 선영은 서둘러 놀이공원에 아르바이트를 하러 가야 했기 때문에 "있잖아, 만나서 반가웠어. 나는 약속이 있어서 먼저 일어나야 할 것 같아"라고 말하며 자리를 벗어났다. 약속이 있다는 말을 제외하면 거짓인 문장이었다.

반가웠다고 말하면서 둘은 어색하게 연락처를 주고받았다. 버스가 강변을 따라 거침없이 앞으로 향하며 터널 속에 들어섰을 때, 그제서야 선영은 오늘 치른 시험에 대해서 떠올릴 수가 있었다. '괜찮아. 시험은 또 있으니까. 돈은 좀 아깝지만 다음번에 더 잘하면 되지. 오늘은 어쩔 수 없었어.' 그렇게 스스로를 위로하면서, 동시에 '인지 부조화'란 어쩌면 이와 같이 나의 부족함을 어떻게든 끌어안고 싶어 하는 자기 연민에서 비롯된 것일지도 모르겠다는 생각마저 들었다.

그녀는 마음이 복잡했다. 어떻게 그 정돈되지 않은 기분들을 제자리에 정리해둘 수 있을지, 어떻게 해야 행복이라는 아주 추상적인 관념을 확고하게 사로잡으며 웃을 수가 있을지 전혀 아는 것이 없었다. 선영이 결국 서두르면 서두를수록 자기만의 껍질 속으로 자꾸만 나약해지고 마는 스스로의 삶을 떠올렸을 때, 애석하게도 버스는 긴 터널을 지나

빛이 쏟아져 내리고 있는 풍경을 투과해 갔다. 그 장면은 분명 아름다웠지만 그것이 빚어낸 느낌은 그녀를 더욱 서운하게 만들곤 했다. 아름다운 것을 눈앞에 두고도 퓨즈가 나간 전등처럼 홀로 무표정한 기분이 들었기 때문이다.

3.

"일주일 동안 잘 지냈어요?"

"안녕하세요, 감독님. 그럼요."

선영과 놀이공원 감독이 안부를 물을 때, 어느새 구름이도 그 옆으로 다가와 살랑살랑 꼬리를 흔들고 있었다.

"구름이도 잘 있었어? 보고 싶었다구."

몇 주 사이에 몸집이 더 커진 구름이는 이제 제법 빠르게 달릴 줄 아는 어엿한 리트리버로 성장하고 있었다.

"너 더 무거워졌어, 구름아!"

"제법 빠르게 자랄 때니까, 이제 조금만 더 시간이 흐르면 사춘기 아이처럼 말썽꾸러기가 되겠구만."

감독 할아버지는 말은 그렇게 했어도 구름이를 보며 맑게 웃었다. 그 눈가에 비친 하늘이 다 보일 정도로 깊은 애정이었다. 그 모습을 본 선영은 여기에서 일하게 된 것과 구름이를 이곳에 데려온 것은 정말이지 잘된 일이라고 생각하고는 탈의실로 향했다.

"민성아, 오랜만이야."

"안녕하세요, 누나. 다음 주말에는 불꽃놀이가 있는 거 아시죠? 마음의 준비를 단단히 해야 해요."

"응? 저기 하천에서 하는 불꽃 축제? 그거랑 우리 놀이공원이랑 무슨 상관이야?"

"여기서 관람차를 타면 그 불꽃놀이가 정말 예쁘게 보여요. 이곳은 산 중턱이니까 직접 강변에 가는 것보다 훨씬 가까이 보는 느낌이 들어서 매년 그때면 사람들이 몰려요."

"아, 정말? 말 그대로 대목이라는 거구나!"

선영은 그때 이 오래되고 낡은 놀이공원이 어째서 계속 유지될 수 있는지, 그 비밀을 조금 알 것도 같았다.

"그리고 연주가 오늘도 마칠 때, 온다고 전해달래요."

"아! 그래, 알겠어. 민성이랑 연주는 가까운 친구인가 보네?"

민성은 그 물음에 입술을 조금 삐쭉거리더니 밖으로 나가 버렸다. 선영은 이제 인형 탈을 쓰고도 제법 기민하게 움직일 수 있을 정도로 숙달된 요령을 지니게 됐다. 아이들이 행복하게 웃는 모습을 바라보며 누군가에게 웃음을 선사하는 일을 지금 그녀가 하고 있는 것이다. 일을 하고 나면 온몸이 땀으로 젖을 만큼 체력이 많이 소모됐지만, 그날 자신이 직접 보고 들은 웃음만큼이나 가슴이 푸근해졌다. 어느새 그녀는 그 일을, 단순히 더 좋은 직장을 구하기 전의 임시방편으로 생각하는 것이 아니라 조금은 더 만끽하고 싶은 추억 같은 것으로 받아들이고 있었다. 일하는 동안 누구도 그녀에게 이렇게 해라, 저렇게 해라 요구하지 않았다. 인형 옷을 입고 있으면 사람에게서 오는 스트레스가 차단되는 듯한 느낌이었다. 심지어는 양쪽 다리에 달라붙어 엉엉 울음을 터트리는 유별난 아이들도 귀여워 보일 정도였다.

개성놀이공원을 찾는 사람들은 대부분 이전에 이곳을 찾았던 기억을 머금고 있는 듯했다. 날이 좋아서인지, 좋은 사람과 함께여서인지 모두가 꽃보다 완연한 웃음을 터뜨렸다. 아니, 어쩌면 놀이공원이라는 장소는 암묵적으로 순수해지는 것에 동의한 사람들만이 찾아드는 공간인지도 모른다. 그들은 입장권을 구매하는 것이 아니라, 마음의 가림막 같은 것을 걷고 나서야 이곳으로 자유롭게 드나들 수 있다. 마음이 열리면 추억은 기차처럼 어딘가로 향하고, 그 중간중간 어느 정차역에선 언젠가의 기억들이 유유히 우리가 탄 객실을 채운다. 자고로 즐거운 대화를 우연히 엿듣게 되는 것만큼 선량한 기쁨도 없으리라. 그 추억들이 각자의 자리에서 말을 섞고 느낌을 나누는 동안, 어느새 우리는 그 대화에 교감하며 풋, 하고 인지하지 못할 만큼 새하얀 웃음을 터뜨리고 만다. 그것이 바로 유원지의 매력이다. 우리는 모두 그러한 놀이공원을 자기 마음속에 하나씩 지니고 있다. 선량하고 순수한 느낌들만이 즐비한 자리가 누구에게든 펼쳐져 있는 것이다. 중요한 것은 자신의 마음을 가리는 그 두터운 막을 어떤 추억으로 걷어내는가 하는 것뿐이다.

"언니, 잘 지냈어요?"

"연주야, 안녕. 오늘도 이렇게 지나가네!"

"언니는 일하는 게 좋아요?"

"일하는 걸 좋아하는 사람이 있을까. 가끔 일이 일 같지 않게 느껴질 때가 있는데 그때는 좋은 것 같아."

"그렇구나. 있잖아요 언니, 저는 빨리 어른이 되고 싶어요. 언니도 어렸을 때 그런 생각 해본 적 있어요?"

"그럼, 중학교 이후론 늘, 늘 어른이 되고 싶었어. 학교에도 가기 싫었고."

"그렇구나. 언니, 오늘은 좀 힘이 없어 보이네요."

"그러니? 시험을 망쳐서 그러려나. 흠."

"윽! 어른한테도 시험이 있어요?"

그 말을 들은 선영은 풋, 하고 웃음을 터뜨렸다.

"있잖아, 하루하루가 시험 같아. 근데 정답을 채점해주는 사람이 없어. 심지어는 범위도 정해져 있지 않은 시험문제들만 늘고, 잘하고 있는지도 모르겠고, 그냥 계속계속 그렇게 살아가는 것 같아."

"매일이 시험이라구요? 그럼 좋았는지 나빴는지, 그걸 누가 판단해줘요!"

"음, 따지고 보면 그것도 시험의 일종이랄까."

선영은 그 순간 자신을 에워싸고 있는 몇 겹의 텅 빈 마음을 소리 없이 내려놓으며 계속해서 말을 이었다.

"누가 어떻게 내 삶을 판단할지, 그걸 정하는 것도 내 시험인 거지. 번듯한 직장에서 악착같이 버티며 높은 자리까지 올라가보는 것, 그걸 만점이라고 생각하는 사람이 있는 반면에 사랑하는 사람을 찾아 자신이 할 수 있는 한 그 마음을 착실하게 표현해보는 걸 만점이라고 생각하는 사람도 있는 거니까."

"언니는 어느 쪽인데요?"

"음, 나도 모르겠네. 마음은…… 모두에게 인정받을 만한 내가 되고 싶은데, 왠지 그런 내가 되면 내가 나를 잘 이해하지 못할 것 같은 기분도 들고 말이야."

선영이 멋쩍은 미소를 건네자, 연주도 뒤따라 배시시 웃었다.

"저번엔 누굴 좋아한다는 게 참 어려운 일이라는 걸 배웠는데, 오늘은 어른이 된다는 것도 쉽지가 않구나! 하는 걸 배우네요. 어른이 되고 싶은데 시험은 싫거든요."

연주는 한숨을 푹 내쉬더니 조금 놀란 표정으로 선영의 옷자락을 끌어당겼다.

"벌써 하늘이 늙어버렸어요!"

"하늘이 늙었다구? 하하, 노을을 보고 그렇게 말한 사람은 네가 처음이야."

"우리는 하늘이 늙어버린 모습을 보면서 왜 예쁘다고 생각할까요? 사람으로 치면 주름이 자글자글해진 할머니인 거 잖아요."

두 사람은 신호등을 기다리는 사람처럼 꼿꼿이 서서 붉게 물든 광경에 넋을 잃어버렸다.

"그러게, 가끔은 저 구름이며 건물들, 나는 새나 산들바람 사이로 우아하게 물들고 있는 지금 이 순간이, 아주아주 행복했던 순간과 너무너무 서글펐던 순간을 살갑게 포개어 둔 것 같은 모습으로 보여. 부드럽고, 서운한데, 따뜻하고, 너무 가여운 거지. 노을은 그런 여지를 주기 위해서 매일매일 우리 앞에 나타나는 것 같아. 우리를 시험하려는 게 아니라. 시험이야 어찌 됐든 따뜻한 방에서 먹기 좋은 크기로 과일을 깎고 있는 엄마의 무릎 같아. 조금 기대어 쉬어도 되겠지. 내일은 더 기대해도 되겠지. 그렇게 우리에게 말하고 있는 것 같아."

두 사람은 자리에서 일어나 관리실을 향해 씩씩하게 걸어갔다. 선영이 연주에게 같이 안으로 들어가자고 했지만, 연주는 옅은 미소와 함께 고개를 저으며 그냥 여기에 있겠다고 말했다. 선영은 탈의실에서 인형 옷을 벗고 아무렇게나 헝클어진 머리를 정리하려고 애썼다. 휴게실 한쪽 자리에서는 민성이 무표정한 얼굴로 휴대폰을 바라보고 있었다. 선영은 이상하게 갑자기 눈물이 날 것 같아서 머리를 질끈 묶으며 마음을 다독였다. 그 모습을 본 민성이 "누나, 무슨 일 있어요?" 하고 물었지만, 선영은 거울 속의 자신만 뚫어져라 바라보며 "괜찮아, 아무런 일도 아니야" 하고 말했다. 하지만 그 말을 밖으로 꺼내는 순간, 그것이 자신의 진짜 속뜻이 아니라는 걸 그녀도 이미 잘 알고 있었다. 그러고는 조용히 민성의 옆자리에 앉아 생긋 웃으면서 이번에는 오직, 진실만을 이야기했다.

"있잖아, 단짝 친구가 없는 소녀는 가끔 자기가 빈방에 홀로 남겨진 인형 같다고 느낄 때가 있거든. 그 아이에게 좋은 친구가 되어줘."

4.

손잔등이 스칠 만큼 아주 가까운 거리에서 연주와 민성은
걷고 있었다. 그 모습을 지켜보는 선영의 얼굴에는 자연스
레 미소가 번졌다. 선영은 구름이와 조금 더 장난을 치다가
"다음 주에 다시 올게! 너무 빨리 자라진 말아줘!" 하고 인
사를 건네고는 가볍게 집으로 걸음을 옮겼다.

하지만 그녀의 곁에서는 자신이 그간 잊었던, 아니 잊으려
고 안간힘을 썼던 사랑의 부재가 조금씩 그녀의 등을 타고
넘어오며 쉽게 떨쳐버릴 수 없는 고독의 세상 저편으로 그
녀를 떠밀어 보내고 있었다. 그날 밤에는 도통 잠이 오지
않았다. 멀어진 친구와 만약에, 멀어지지 않았다면 함께 경
험했을지도 모를 수많은 시간이 한낮의 찡그림처럼 조용한
방 안을 환히 밝혔다. 자정을 넘은 시간, 하지만 성실히 쌓
여가는 피로와는 반대로 여간 울음을 그치지 않는 어린아
이처럼 그녀를 일깨우는 가슴속의 촉감들은 빳빳하게 곤두
서고 있었다. 선영은 말없이 이불을 벗어나 거리로 나갔다.
봄날의 새벽 거리에는 은은한 꽃향기들이 두서없이 나열되
어 있었다. 만약 향기도 빗물처럼 무언가를 젖게 만든다면,
이 거리 위에 놓인 모든 것이 훈훈하게 반짝이고 있을 것
같은 기분이 들었다. 선영은 아무런 말도 하지 않았지만 그
녀의 마음은 쉬지 않고 이야기를 늘어놓고 있었다. 하지만
정작 자신은 그러한 속마음에 귀를 기울이지 않았기 때문

에 한낱 시끄러운 소음에 불과한 것으로 느껴질 뿐이었다. 쓸쓸한 날에, 함께 그 불투명한 외로움에 대하여 푸념을 늘어놓을 친구 한 명이 없다는 사실에 진정 가난한 사람이라는 생각이 들 정도였다. 그 순간, 선영은 확실히 자신이 가난하다는 것을 느꼈다. '열심히' 같은 것으로는 감히 벗어날 수 없는 가난이 그녀의 조용한 새벽에 몇 번이고 문을 두드리는 난데없는 소식처럼 짙어져갔다. 그녀가 눈을 감은 채로 이 순간에 대해 떠올리면 더욱 슬픈 장면이 기민하게 자기 안으로 파고들 것만 같아서, 그녀는 뜬눈으로 걷고 걷다가 드디어 산책로의 끝인 그 골목 어귀에 다시 당도하게 됐다.

어둠을 얇은 실로 엮어 한 올 한 올 손수 새까만 야간의 시간을 응축해놓은 듯한 그 골목을 지날 때, 선영은 머릿속으로 도시 전설의 귀신이 다시 한 번 출현하면 그때 무례하게 굴었던 일에 대해 어느 정도는 사과를 해야 하지 않을까 하고 생각했다. 그리고 골목을 지나 시간이 멈춰 있는 듯한 밤의 세계에 당도했을 때, 그녀가 고개를 돌려 바라본 곳에서는 마치 현실과 정말 비슷하게 만들어진 꿈을 꾸듯이 '그 남자'가 아주 신중한 모습으로 큼지막하게 쌓여 있는 폐기물 더미를 들여다보고 있는 것이다. 두 사람의 눈이 마주쳤다. 그 사이로 부풀어 오르는 얼마간의 고요함, 하지만 분명 보드라운 느낌의 침묵이었다.

"저기…… 그때는 죄송했어요."

"이거 둘 중에 어떤 게 더 괜찮아 보여요?"

남자는 선영의 물음에 아랑곳 않고 자기 할 말을 했다.

"음…… 또 죄송하지만 두 가지가 뭐가 다른 거죠?"

"아, 비슷한데 다리 모양이 조금."

"정말이네요. 이건 둥글고 저건 좀 각져 있고, 그냥 두 가지 다 쓸 만해 보이는데……."

"그럼 이거 하나만 들어주실래요?"

남자는 불쑥 의자 하나를 건네며 말했다. 선영은 거부감 없이 의자를 받아 들고는 몇 걸음 남자를 쫓아가며 물었다.

"근데 어디까지 들고 가는 건지 알 수 있을까요?"

"집으로요. 의자를 좀 바꿔볼까 해서."

"근데 저기 제가 아직 성함도 모르고 있어서…… 저는 '선영'이라고 해요."

"저는 '연준'이라고 불러주세요."

"귀신치고는 멋진 이름이네요."

선영은 고개를 푹 숙이고 생긋 웃었다. 그러면서도 '연준'으로 불러달라는 말이, 마치 이름이 아니라 감독님이나 이 간호사의 경우처럼 일종의 호칭같이 느껴지기도 했다.

"이거 집 앞에 가져다 놓으면 제가 답례로 커피를 살게요."

"정말요? 그치만 지금 이 시간에 열린 카페가 있을까요."

"그럼 뭐 집에서 물을 끓일 동안 잠시 의자에 앉아 계세요. 금방 만들어 올게요."

"하하, 네, 뭐. 어떻게든 되겠죠."

그렇게 얼마간을 걸었을까, 파란색 대문 앞에서 연준은 걸음을 멈췄다. 선영은 팔에 다소 뻐근한 느낌이 들어서 냉큼 의자를 내려놓고 그 위에 앉았다.

"드디어 도착인가요? 제가 지금 팔이 조금 더 길어진 것 같아요."

"음, 처음 만났을 때보다는…….."

"네!? 정말 늘어났나요?"

"그게 아니라, 처음 만났을 때보단 훨씬 재미난 사람 같다구요."

"아, 그때는 정말 죄송했어요."

선영은 냉큼 자리에서 일어나 허리를 숙이며 사과를 했다.

"괜찮아요. 나쁜 의도로 그런 게 아니라는 걸 알았으니까. 커피 내려올게요. 잠시 기다려줘요. 혹시 불편하지 않으면 잠깐 들어와 있어도 괜찮아요."

"네, 좋아요."

선영이 고개를 끄덕였을 때, 차분했던 공기는 두근거리듯이 조금 상기된 기운을 머금고 어딘가에서 이슬이 되었을 것이다. 그 새벽은 두 사람을 제외한 모든 존재가 깊은 잠에 빠진 듯이 한없이 고요하고 투명했다. 집으로 들어섰을 때 선영의 눈동자는 크고 동그란 모양으로 바뀔 수밖에는 없었다. 그간 연준이 조금씩 모아온 사물들이 각자의 쓰임새나 형태에 따라 오래된 도서관처럼 일정한 모습으로 나열되어 있었다. 마치 그 하나하나의 사물들이 각자 자신만의 비밀을 품고 있다는 듯이 흥미로운 모습으로.

"이게 다 뭐예요?"

"그냥, 밖에 놔두긴 아쉬워서 조금씩 가져온 것들이에요."

"스피커만 해도 수십 개는 되는 것 같아요."

"특별히 신경을 써서 가져온 녀석들이에요."

"전부 작동되나요?"

"처음엔 소리를 내지 못하는 놈들뿐이었는데, 이제는 거의 전부 음악을 전할 줄 아는 친구가 되었죠."

"수리를 맡긴 거예요?"

"아뇨. 나사를 전부 다 풀어낸 다음에 문제를 찾아서 그걸 해결하죠. 그러곤 다시 분해한 것들을 제자리로 가져다 두고 나사를 조여요."

"이 많은 걸 직접 고쳤다니 믿기지가 않아요. 대단해요."

"아직 바로잡을 수 있는데, 더 좋아질 여지가 있는데 조금 어렵고 귀찮다고 내버려지는 건 슬픈 일이잖아요. 저는 고장 난 것에 다시 숨을 불어넣는 게 아니라, 아직 완전히 망가지지 않은 것에 희망을 놓지 못할 뿐이에요."

연준은 서랍 속에서 음반을 꺼내 와 수많은 오디오 사이에서 잠깐 망설이더니, 이내 결심이라도 한 듯이 그중 하나에 올려두고 재생 버튼을 눌렀다. 그러자 입을 굳게 다문 채 두 사람의 대화를 듣고만 있는 듯했던 스피커가 불쑥 그 사이로 끼어들며 아주 풍부한 소리로 낯선 공간의 어색함을 달랬다.

"음악을 들으면 있잖아요, 껍질을 벗는 듯한 기분이 들어요."

"껍질을 벗는 듯한……."

선영은 연준의 말을 작게 따라 했다.

"그리고 어떤 의자에 앉아서 음악을 듣는지도 대단히 중요한데, 그래서인지 의자나 스피커를 보면 도통 그냥 지나칠 수가 없더라구요."

"오늘 들고 온 의자는 어때요?"

"이건 꼭 어렸을 적에 꾸지람을 들을 때면 앉아 있곤 했던 '반성 의자'처럼 생겼어요. 이따금 무언가 사과해야 할 일이 있다거나 진심으로 미안한 마음을 전하기 전에, 오늘 선영 씨가 들고 와준 의자에 앉아서 이런저런 할 말을 정리하게 될 것 같아요."

"연준 씨는 재미난 분이네요. 아마 도시 전설에 등장하는 가장 호감형 귀신일 거예요. 귀신이 아닌 연준 씨는 어떤 사람이에요? 어떤 일을 하고, 어디를 가고, 어떤 것을 좋아해요?"

선영은 그렇게 물어보면서도 속으로 자신이 지금 왜 그에게 이런 질문을 하고 있는지 제대로 그 의미를 헤아릴 수가 없었다. 하지만 역시 그 질문을 하지 않고 가만 음악만 듣기에는 이미 너무 많은 후회가, 그녀가 지닌 아쉬움의 용량을 다 채워버린 지 오래였다. 어쩌면 선영은 오늘 누군가가 자신이 지금 한 질문을 자기에게 해주기를 바랐던 건지도 모른다. 잘 지내는지, 어떤 걸 좋아하는지, 앞으로 무엇이 되고 싶은지와 같은 질문들. 그 사람의 쓸모를 짐작해내기 위해서가 아니라, 사람 자체가 궁금해서 넌지시 던지는 다정한 질문들.

"글쎄요. 내가 어떤 사람인지 너무 오랜만에 떠올려봐서 잠깐 시간이 필요할 것 같아요."

"그렇구나. 괜찮아요. 아직 음악이 흐르고 있으니까요."

"그래도 될까요. 음악이라면 앞으로 몇 년을 꼬박 쉬지 않고 들을 수 있을 만큼 저 작은 방에 쌓여 있어요."

커피 잔을 손에 들고서 두 사람은 아주 오랜만에 면접이나 업무적인 이유 때문이 아니라, 오직 아직 완전히 고장 나지 않은 한 명의 인간으로서 '나는 어떤 사람인가'에 대해 생각해보고 있었다.

"아참, 그때 선영 씨가 쇠파이프 들고 찾아온 이후로 말이에요."

"실은 그 쇠파이프는 제가 가져온 게 아니라 골목 옆에 있어서 집어 든 거예요."

"아아, 네, 그날 이후로 곰곰이 생각해봤는데 실은 이번 한 달 사이에 갑자기 동물들 사체가 많이 보였던 건 사실이에요. 그게 어쩔 수 없는 사고였는지, 아니면 정말 누군가가 어떤 의도를 가지고 나쁜 일을 행했는지는 모르겠지만…… 이 동네에도 분명 아직 사람들이 살고 있긴 하지만 어두워지고 난 이후에는 확실히 꽤나 무서운 느낌이 드는 것도 사실이구요."

연준의 말이 끝남과 동시에 음악이 그쳤다. 거실 공기가 조금 전보다 무거워진 것을 느꼈는지 그는 이번엔 조금 더 경쾌한 리듬의 재즈가 흘러나오는 앨범을 가져와 재생했다.

"사실 여기로 이사를 온 지는 그리 오래되지 않아서, 아직 편하게 만날 친구도 없고…… 게다가 오늘은 이상하게 잠도 잘 오지 않아서 산책이나 할 겸 걸었던 거예요. 어디 누구에게 푸념을 늘어놓는 것도 안 되니까 걸으면서 생각들을 좀 내다 버릴까 하고. 그런데 마침 연준 씨가 거기에 있는 거예요. 며칠 전만 해도 연준 씨, 그러니까 쓰레기장 귀신을 마주칠까 겁났는데, 지금은 이렇게 마주 앉아서 대화를 나누고 있다는 게 신기하기도 하고 재미난 해프닝처럼 느껴져서 다행이라 생각해요. 오랜만이거든요. '대화를 나누고 있다'는 느낌은."

그녀는 오랜만에 마음속에서 약간의 홀가분함을 느꼈다. 온종일 그녀의 손바닥을 어루만지고 있던 땀도 깜빡 잠에 빠져버린 건지 이 순간만은 그녀를 괴롭히지 않았다. 선영은 고개를 돌려 거실 한쪽 귀퉁이에 자리 잡고 있는 엄청난 양의 책을 보았다. 그러고는 '저 책들도 아직 완전히 망가지지 않은 사물 중에 하나일까? 아니, 책이라는 것은 어떻게 하면 고장 나버리게 되는 걸까?' 하는 의문이 들었다.

"저는 사실 책을 읽는 건 그렇게 좋아하지 않아요. 근데 또 책이 좋아요."

"그게 그거 아니에요?"

"음, 제가 이 책들을 주워 온 이유는 제 개인적인 취미라는 생각이 들어요. 쉽게 말하면 책 한 권 한 권에게 장례를 치러주기 위해서예요."

"책을 위해서 장례를 치른다구요?"

선영의 말을 듣고서 연준은 자리에서 일어나 가까이에 있던 책 하나를 가져왔다.

"여기 봐요. 이렇게 군데군데 밑줄도 그어져 있고 접혀 있기도 하고, 어느 페이지에는 자기 생각이 적혀 있기도 해요. 심지어는 앞장에 누군가를 위해 편지를 써놓기도 했죠. 그런데 그 책이 지금 여기 있다는 건, 어떤 의미라고 생각해요?"

"누군가가 다 읽어서 내다 버린 거겠죠."

"맞아요. 뭐 어떤 사정들이 있겠죠. 헤어진 연인이 준 책이라거나, 이사를 가게 됐다거나, 뭐 그런 사정들 말이에요. 책은 누군가에게 펼쳐졌을 때 생명을 얻은 셈이지만, 더는 아무도 읽지 않을 만큼 손을 탄 상태로 버려지면 이제 죽음에 안착한 거겠죠."

"그럼 이 책들은 완전히 고장이 나버린 걸까요?"

"고장 난 거랑은 달라요. 그 눈빛이 닿는 동안 살았고, 그 눈빛이 자신에게서 떠남으로써 자신도 눈을 감는 거예요. 삶을 온전히 완주하고서 그 끝에 당도한 거죠. 저는 그런 책들을 모아두었다가 몇 권씩 꺼내서 주르륵, 그것들이 살았던 흔적을 하이라이트처럼 넘겨본 뒤에 태워주곤 해요."

"어딘가 모르게 음침한 구석이 있지만, 그래도 흥미로운 취미네요."

"책들이 타오를 때 그 불꽃을 자세히 들여다보면 각자 다른 색깔을 띠고 있어요. 저는 그 색이 책의 영혼이라고 생각해요. 삶을 완주하며 날아오를 때 비로소 반짝이는 힘, 바로 그것이 그 불꽃 속의 색이라고 말이에요."

삶을 완주하며 날아오를 때 비로소 반짝이는 힘. 선영은 그 말을 가슴에 새기며 건네받은 책을 살며시 쓰다듬었다.

"고마워요. 이야기를 나누니까, 허전했던 마음이 조금 괜찮아진 것 같아요."

"그래요? 다행이네요."

"사실은 제가……."

선영은 그만 자기가 지니고 있는 비밀을 이야기하고 싶다는 충동에 사로잡혔다. 자신의 손에서 땀이 난다거나, 대학을 졸업하고도 번번이 구직 활동에 고배를 마시며 겨우 주말 아르바이트로 용돈 벌이를 하는 정도이고, 손끝으로 공기 방울을 만들고 빛을 밝힐 수 있는 초능력을 지녔지만 그건 아무래도 자신의 삶에 그다지 큰 도움이 되는 것 같지는 않다는 둥, 그리고 어렸을 때 정말 가까웠던 단짝 친구와 멀어진 뒤로는 자신에게 정말로 기댈 수 있을 만큼 든든한 버팀목이 되어줄 사람은 가족 이외에는 존재하지 않는다는 것을, 그리고 이제는 그 가족에게도 쉽게 어려움을, 자신의 나약함을 호소하지 못할 만큼의 나이가 되었다는 것을.

"있잖아요. 사실은 그때 제가 선영 씨 손을 잡았을 때 말이에요. 손이……."

"아, 제가 손에 땀이 좀 많죠. 안 그래도 그것 때문에……."

선영은 혹시나 자신에 대한 첫인상이 눅눅하고 어딘가 모르게 개운하지 않은 느낌으로 남을까 봐 초조함을 감추지 못했다.

"따뜻했어요."

연준은 지그시 그 손을 바라보며 말했다.

"네?"

"손이 참 따뜻했어요. 오랜만에 따뜻함이란 걸 느꼈던 것 같아요, 그날."

5.

손이 참 따뜻했어요. 그 말을 듣고서 선영은 자신을 둘러싸고 있던 수많은 답답한 허물이 새벽 안개에 섞여 사라지는 것 같은 기분을 느꼈다. 그간 자신을 짓누르던 뜻 모를 위압감으로부터 해방되어 어떠한 위선도 없이 처음으로 그녀는 자신의 안에 있는 이야기를 하기 시작했다. 이를테면 자기에겐 특별한 능력이 있는데 그 능력이 전혀 삶에 도움은 되지 않는 것이고 자신은 평범하다는 말보다도 더욱 일반적인 범주에 속해 있는 사람이라는 것, 그리고 중학교 시절 단짝과 멀어진 이후로는 주변 사람에게 마음을 열고 애정으로 관계를 맺어본 바가 없다는 것, 어쩌면 그때 스스로의 감정에 솔직하지 못했기 때문에 지금까지 그 책임을 지고 있는 기분도 든다는 것, 부모님의 너그러운 이해가 시간이 흐를수록 보드라운 커튼이 자신을 켜켜이 휘감아 돌듯 오히려 숨 막히게 한다는 것, 그런 생각을 하고 있는 자기 자신도 밉고 한심하다는 것 등에 관한 말들이었다.

"정말요?".

"네, 정말이에요."

그 말을 듣고서 차분했던 연준의 눈이 희번덕거리자, 선영은 손가락을 펼쳐 들어 유유히 흘러나오는 재즈 음악의 베이스 사운드에 맞춰 공기 방울을 날려 보냈다. 다른 한 손으로는 이따금 중요한 박자에 사람들의 시선을 집중시키는 무대조명처럼 푸른빛을 반짝이면서.

"비눗방울 귀신에 대한 도시 전설도 꽤나 유행할 것 같아요. 그런데 어떤 거짓말을 했길래 단짝과 멀어지기까지 했을까요?"

"그냥, 그때는 왜 그랬는지 잘 모르겠어요."

막상 말을 하려니 쉽게 입이 떨어지지 않아서 이내 선영은 말을 돌렸다.

"아참, 다음 주에 불꽃 축제가 있는 거 아시죠?"

"네. 이 도시의 연례행사니까요."

"개성놀이공원에서 보면 불꽃놀이가 한눈에 다 보인다고 해요. 연준 씨도 혹시 시간 되시면 그때 놀러 오세요!"

"그럼, 그 까탈스러운 놀이공원 감독 할아버지와 손자까지 그날 다 보게 되겠군요. 좋아요."

두 사람은 웃으면서 자리에서 일어났다. 새벽이 한창 무르익을 시간이었기 때문에 연준은 골목 끝까지 선영을 바래다주기로 했다. 안개가 뽀얗게 내려앉은 거리였다. 선영은 집으로 돌아와 불과 조금 전까지만 해도 자신에게 일어났던 일이 정말로 현실의 것이었는지를 분간하기 위해 옆구리를 세게 한번 꼬집어봤다. 따끔한 감각이 일었다. 이번에는 침대에 누워 그 남자와의 대화를 떠올렸다.

"불꽃놀이가 끝나고 나면 또 같이 산책할 수 있을까요?"

그 말이 계속 떠올라서 선영은 이불 속에서 미끄러지듯 빠져나와 일기장을 펼쳤다. 그러고는 기억에서 지워지지 않을 만큼의 압력으로 꾹꾹 눌러 담아 그 문장을 써두었다. 눈을 감고서 그 남자가 자신에게 전한 말을 쓰다듬으니, 수분에 촉촉하게 젖은 안개꽃이 밤의 거리에 파도처럼 하늘거리는 기분이 들었다. 타박타박 함께 걷는 동안, 스치듯 가까운 두 사람의 어깨가 걸음걸이에 맞춰 더 가까워졌다가 이내 다시금 일정한 간격으로 돌아갈 때, 파도가 해변에 들러 그 위에 남겨진 혼잣말을 품에 안고 돌아가듯이 어느새 서로는 말하지 않아도 분위기의 무르익음으로 느낄 수 있는 감정의 교감 같은 것들을 나누고 있었다. 미소가 옅어질 줄을 모르던 밤, 실없는 장난에도 한없이 부풀어 오르는 소녀의 마음처럼, 서로가 주고받은 대화들이 농담같이 큰 의미는 아니었을지라도 두 사람에겐 소중한 추억으로 봄날의 새벽마다 창밖에서 피고 질 것 같은 느낌이 들었다.

"정말? 이번엔 귀신이랑 데이트를 하고 왔단 말인가?"
"아니, 데이트가 아니라 그냥 이야기를 나누었다니까요."
한의원 선생님은 짓궂은 말투로 선영을 놀렸다.
"그래서 손은 잡았는가?"
"그 사람이랑 저랑 손을 왜 잡아요?"
"아니, 아니면 아니지, 얼굴은 왜 빨개져. 에잇."
선영의 정수리에는 침 하나가 대롱대롱 매달릴 만큼의 깊이로 들어갔다.
"아아, 선생님 원래 여기도 놓는 건가요?"
"이건 서비스. 예뻐지는 침이라구요. 그러니까 좀 참아봐요!"
"아, 그리고 선생님도 시간 나시면 이번 주말에 개성놀이공원에 불꽃놀이를 보러 오세요."
"불꽃놀이? 흠 글쎄, 사람 많은 곳은 딱 질색이라서……."
"쓰레기장 귀신이 온다고 했는데요?"

그 순간 선생님은 아무런 대답도 하지 않았지만, 그 어느 때보다 호기심으로 가득 찬 아이의 얼굴을 하고 있었다. 다가올 축제의 기간이기 때문인지 도시는 어딘가 모르게 들뜬 분위기로 가득했다. 선영은 엎드려 누운 채로 사람들이 왜 짧은 불꽃의 파문을 그토록 선망하는지에 대해서 떠올렸다. 어쩌면 삶의 모든 시간을 한순간으로 압축해놓은 것 같은 기분이 들어서일까. 아마 불꽃을 쏘아 올리는 마음에는, 삶의 애환을 겪으며 절정을 지나 무로 돌아가는 과정까지 그 모든 시간이 아름다울 수 있기를 바라는 기원이 담겨 있는 게 아닐까.

6.

그 무렵 연준은 퇴근 후 집으로 돌아와 조용히 문을 열었다. 집 안에서는 늘 그랬듯이 음악이 흘러나오고 있었다. 그는 샤워를 하고 아직 물기도 덜 닦은 채 옷장 앞에 서서 스윽, 그 안에 있는 옷가지들을 바라보았다. 옷장에서 연한 하늘색 셔츠와 면바지 하나를 꺼내 반듯하게 다리미질을 하고 방 한편에 가지런히 걸어두었다. 그러곤 거울을 바라보며 몇 번 웃음을 지은 뒤, 거실 의자에 앉아 그날 선영과 나누었던 대화를 떠올려보았다.

"왜 음악을 틀어놓고 나가는 거예요?"

선영에게 자신의 일상에 대해 늘어놓았을 때, 그녀는 굳이 아무도 없는 집에 음악을 틀어둔 채로 외출하는 것을 의아해했다.

"처음엔 실수로 음악을 틀어놓고 나왔는데, 회사에서 일을 하는 내내, 얼른 집으로 돌아가고 싶은 생각이 들더라구요. 중요한 걸 놔두고 온 것처럼 말이에요. 퇴근 후 곧장 집으로 갔어요. 그리고 문 앞에서 열쇠 꾸러미를 꺼내려는데 그때 느꼈던 거예요. 아무도 없는 집에서 무언가 따뜻한 소리가 흘러나오고 있다는 게 참 기분 좋은 일이라는 걸. 그날부터 음악을 틀어놓고 나가요. 어쩌면 돌아올 이유를 만들고 싶어서였는지도 모르겠어요. 누군가가 나를 기다린다고 생각하면, 돌아오는 길이 조금은 더 즐거울 테니까요."

"보일러를 틀어놓는 거랑 비슷하구나!"

선영은 그의 말을 듣고는 어렴풋이 그 느낌에 대해 알 것 같았다.

"다시 돌아올 누군가를 위해서 미리 그 자리를 조금 데워놓는 기분, 저도 조금은 알 것 같아요."

연준은 그 대화를 떠올리면서 너무 높이까지 쌓여 조금씩 기울어지고 있는 책들을 다시금 정리하기 시작했다. 책등을 한번 스르륵 쓰다듬으면서 그는 이따금 그것이 책과 자신이 나누는 악수 같은 것이라고 느꼈다. 그렇게 쌓아 올린 책들은 다시금 균형을 유지하기에 충분한 모습이었다. 정리를 끝낸 뒤, 지난번 자신이 쓰레기통에서 꺼내 온 낡은 수동 카메라를 가져와 그 가지런한 모습을 사진에 담았다. 다시 혼자만의 시간, 스피커에서 흘러나오는 음악은 제법 큰소리를 내고 있었으나 연준은 종종 가만히 깊은 외로움으로 떠내려갈 때 주변 소리들 같은 건 전혀 들리지 않을 정도로 따분하고, 어두운 느낌을 받곤 했다. 그는 다시 거리로 나가 아직 완전히 망가지지 않은 것들에 대한 구조 활동을 하려다가, 우연히 가구들 틈에 떨어져 있던 책 한 권을 발견했다. 그 모습은 마치 어느새 자라나기 시작한 뿌리 같이 본래 그 사리가 사신의 터전이있다는 듯이 자연스러운 형태처럼 보이기도 했다. 그는 약초를 캐듯이 조심스럽게 그 책을 꺼내려 했으나 팔이 겨우 닿을 만한 거리에서 더는 가깝게 다가갈 수 없다는 걸 경험하고는, 옷장에서 옷걸이 하나를 가져와서야 겨우 꺼낼 수 있었다. 무언가 비밀을 머금은 책이지는 않을까 호기심이 들었지만, 그 책을 펼치자 그 안에는 어떤 흔적도 남아 있지가 않았다. 책의 본

문은 거의 새것이라고 해도 믿길 정도로 깨끗했다. 하지만 공교롭게도 그 무구함은 오히려 창백한 피부처럼 메마르고 건조하게 다가왔다. 그는 오늘 밤에는 어둠 속이 아니라 침대 위에서 포근하게 이 책을 읽어보기로 마음먹었다. 서양 미술 철학에 대해 다루고 있었지만, 그는 한 번도 읽어본 적이 없는 책이었다. 책의 구절들에 밑줄을 그어놓기도 하면서 그는 이다음에 이 책의 불꽃이 어떤 색을 띠게 될지를 떠올렸다. 하지만 글자를 읽으면 읽을수록 책의 내용보다는 자꾸만 그날 선영과 나누었던 대화들이 책 속의 한 구절처럼 상기되곤 했다. 심지어는 그 안에 속한 모든 낱말이 서로 주고받았던 대화로 이어지는 것 같았다. 연준은 휴대폰을 만지작거리면서 그녀에게 무언가 해줄 말이 있다면 좋을 것 같다는 생각을 했다.

"생각만큼 삶이 좋은 방향으로 흐르지 않는다는 걸, 이제는 너무 잘 알아버려서 문제예요."

그날 밤, 선영이 처음으로 자신의 고민거리를 털어놓았을 때 연준은 어떤 말을 해줘야 할지 한참을 고민했다. 그러면서 타인의 마음을 안아주기 위해 자신이 이토록 말을 찾아헤맨 것은 참 오랜만이라는 사실도 깨달았던 것이다. 그는 아무런 말도 하지 않은 채로, 오디오에서 흘러나오고 있는 음악의 볼륨을 조금 더 높였다. 그러자 낮은 베이스 소리가 심장을 마구 두드리는 것이 느껴졌다. 마치 문을 열어달라고 노크를 하는 반가운 이를 맞이하듯이, 두 사람은 그 떨

림 속에서 더욱 서로의 깊숙한 부분으로 다가서서 대화를
지속했다.

"제가 실은 손에 땀이 많고 거기에 수족 냉증까지 있어서
늘 고민이었거든요. 그런데 얼마 전 그런 말을 들은 거예
요. 어쩌면 이 증상이 몸이 아니라 마음의 병으로 인해 나
타나는 건 아닌가 하는 말이었어요."
연준은 물끄러미 선영의 손을 바라보면서 한번 그 손을 잡
아보고 싶어졌지만, 쓰레기장에서 쇠파이프를 휘두르며 한
참을 "네가 갈 길 가라구!"를 외치던 선영의 모습이 떠올라
그냥 묵묵히 그녀의 이야기를 듣고만 있었다. 주변에는 쇠
파이프를 대체하기에 충분한 물건들이 즐비했기 때문이다.
"그래서 생각해봤는데, 언젠가부터 늘 마음과는 다른 방향
으로 살아가고 있더라구요, 제가."
"마음과 다른 방향요?"
"네. 그러니까 마음으로는 어떤 삶을 살아야겠다는 걸 어느
정도 알겠는데, 진짜 내 삶은 점점 그것과 멀어지고 있다고
나 할까. 흥미로운 건, 그런 일상 속에서 점점 내가 나를 부
정하고 있다는 걸 실감하게 된다는 거예요. 어쩔 수 없다
고, 다들 그렇게 살아간다고, 나만 이런 실망으로 단념하는
건 아니라고 그런 변명들을 늘어놓고는 있지만 실은 스스
로도 그 핑계들이 이 순간을 잠깐 지나가기 위한 거짓말에
불과하다는 걸 느끼는 것 같아요."
어느새 눈물이 글썽이는 선영의 눈을 바라보면서 연준은
그 너머에 있는 슬픔이 아직 치유될 수 있는 것인지, 완전

히 망가진 것은 아닌지를 생각해보고 있었다.

"사람들은 대개 자기가 생각하는 것보다 훨씬 지쳐 있기 마
련이잖아요. 지금은 몸과 마음이 전혀 다른 곳을 향해 나아
가고 있다고 느껴질지는 몰라도, 나중에 어느 곳에서 어떻
게 다시 만나게 될지는 모를 일이고…… 길은 서로 갈라졌
다가도 어느새 다시 하나가 되기도 하니까요."

연준은 그렇게 말한 뒤에 무언가를 찾는 사람처럼 손에 들
고 있던 책을 펼쳐 책장을 넘겼다. 그러고는 그 안에서 '쓸
쓸하다'라는 단어가 쓰여 있는 페이지를 찢어낸 뒤, 연한
밝기로 피어오르는 향초 위로 가져갔다. 어느새 그 페이지
는 붉은빛 속으로 사그라들었다. 그리 마침내 쓸쓸하다는
단어로 그 불이 당도하자, 그 낱말은 푸르스름한 빛깔을 만
들어내며 조용히 멎었다.

"어쩌면 삶을 너무 열심히 살아서 힘든 걸까요. 딱 하나만
문제를 꼬집어보자면 그 절실함 때문인지도 모르겠어요."

그렇게 말하는 선영의 눈가에도 그 불꽃이 담겨 있었다.

"간절한 것이 없으면 삶이 조금 편해지긴 하겠죠. 하지만
절실한 것이 없는 만큼, 삶은 그만큼 색깔을 잃어버리는지
도 몰라요."

두 사람은 잠시 동안 방 안 가득 울려 퍼지는 음악에 기대
어 방금 멎어버린 불꽃의 의미에 대해 떠올려보았다. 선영
은 속으로 '쓸쓸하다는 말은 저런 색깔을 지녔구나' 하고
생각했다. 며칠 전의 기억을 떠올리니 어느새 연준의 마음
에는 따뜻한 온기가 차오르고 있었다.

—산책은 인간이라는 동물만이 나눌 수 있는 최고의 구애
  행위인 것 같아요. 곧, 만나서 같이 걸어요.

연준은 용기를 내어 휴대폰에 그렇게 써두었지만, 끝내 그
메시지를 보내지 못하고 잠을 청했다.

3
부

1.

평범한 평일 오후, 갑자기 구급차 한 대가 선영이 살고 있는 빌라 앞에 정차했고 생소한 그 광경에 주민들은 당황해서 밖으로 나와 무슨 일인지 떠들어댔다. 영어 공부를 하던 선영도 그 소리에 놀라 창밖을 내다보았다. 하지만 쉽게 소란스러운 분위기가 가라앉지 않아서 선영도 하던 일을 멈추고 밖으로 나가 직접 영문을 살펴보기로 한 것이다.

"아니, 그러니까 그 505호 아저씨 있지? 그 아저씨 머리통이 깨졌대!"

"맨날 창문 열고 담배 피우는 그 아저씨?"

"맞어, 맞어, 405호 박씨 알지? 그 아줌마가 글쎄 뭐로 머리를 내리쳤다는데?"

"박씨? 그렇게 착한 사람이 어째서?"

"그건 나도 모르지!"

이 동네에서 제법 오래 살아온 아주머니들은 어느새 무슨 일이 일어났는지 대충 짐작하고 있는 듯했다. 선영이 살고 있는 곳이 305호, 박씨 아주머니는 선영의 바로 윗집에 사는 사람인데 어찌나 마음이 선량한지 혼자 사는 선영을 위해서 가끔 과일이나 반찬거리도 챙겨줬다. 하지만 505호 아저씨는 동네에서 유명한 난봉꾼으로 어디서 삼교대 근무를 하는 건지, 종종 대낮부터 술에 취해서 빌라 앞에서 고래고래 소리를 지르거나, 집 안에서 담배를 펴대는 일로 주변 이웃들과 분쟁이 잦았던 인물이다. 사람들이 나름대로 이유를 찾기 위해서 웅성거리는 사이, 505호 아저씨가 머리에 칭칭 붕대를 감고 1층으로 내려왔다.

"괜찮다니까! 어허! 나, 이상식이야. 이상식!"

505호 아저씨는 구급대원들에게 고래고래 소리를 지르며 걸었다. 아주머니들의 말처럼 대갈통이 깨진 정도는 아니었지만 어딘가 찢어졌는지 상당히 많은 양의 피가 흐르고 있는 듯했다. 그 뒤를 이어서 박씨 아주머니가 따라 나왔다. 그녀는 창백한 얼굴에 제법 피로가 쌓인 듯한 모습이었다. 아주머니는 시내 화장품 매장의 매니저로 일하고 있는데, 이웃들에게 일일이 세일 기간을 알려주기도 하고 사은품도 듬뿍 주었기 때문에 선영도 쇼핑할 일이 있으면 그곳에서 화장품을 사곤 했다. 그때마다 선영에게 밝은 미소로 화답해주던 아주머니의 얼굴이, 어딘가 내부에 심하게 균열이 가버린 사람처럼 불편한 기색이 역력한 지금의 얼굴과 대비되면서 선영의 마음을 아프게 했다. 선영은 아주머니에게로 가서 "괜찮으세요?" 하고 물었다.

"이봐, 아가씨. 피를 흘리는 건 난데, 왜 저 사람한테 괜찮으냐고 물어보는 거요!"

선영의 물음을 들은 505호 아저씨가 갑자기 뒤를 돌아보며 외쳤다.

"아저씨는 방금 괜찮다고 소리 지르셨잖아요."

"아니, 그거랑 그건 다르지!"

505호 아저씨는 분을 참지 못하겠는지 계속 씩씩거리며 말했다.

"이봐, 405호! 나, 당신 고소할 거야!"

박씨 아주머니는 아무런 말도 하지 않고 그저 멍하니 화단에 걸터앉았다. 505호 아저씨는 몇 분 동안이나 구급대원들과 실랑이를 벌이다 상처가 더 벌어졌는지 컥컥 소리를 내며 구급차를 타고 유유히 현장을 빠져나갔다. 선영은 아주머니를 부축해서 집으로 데려다줬다. 그녀의 몸은 너무 차가워서 어디가 아픈 건 아닌가 하는 생각이 들 정도였다. 그렇게 방금 전까지만 해도 소란스럽던 현장은 언제 그랬냐는 듯 다시 조용해졌고, 그 사건은 나중에 아주머니들 사이에서 또 하나의 유명한 도시 전설로 유행하기도 했다.

"고마워요, 선영 씨."

405호 아주머니는 집으로 돌아오니 조금은 생기가 도는 듯했고, 선영에게 따뜻한 차 한 잔을 권하며 감사의 뜻을 전했다.

"그런데 이게 다 무슨 일이에요?"

선영은 조심스럽게 방금 전 일어난 일에 대해서 물었다.

"있잖아, 선영 씨 결혼할 거야?"

하지만 난데없이 405호 아주머니는 선영에게 그런 물음을 던지는 것이다. 선영은 조금 당황하며 "뭐, 지금 당장은 아니지만 언젠가는 저도 결혼을 하지 않을까요?" 하고 대답했다.

"하지 마. 아니, 해도 아기는 낳지 마."

어린이집을 갈 정도의 아이 한 명을 기르는 아주머니는 선영의 손을 잡고는 그렇게 말했다. 선영에게 그 말은 괜한 오지랖처럼 다가오지 않았다. 이를테면 시들시들해진 꽃이 이제 이 계절을 끝으로 바닥에 떨어질 때 넌지시 던지는 작별 같았다.

"많이 힘드신가 보군요…….."

"나는 이제 별로 많은 걸 바라지 않는 사람이야. 그냥 적당히 안정적인 가정을 꾸려가는 아줌마잖아. 그런데 그 적당히 안정적인 가정이라는 거 있잖아, 그걸 지키는 게 너무너무 어려워."

405호 아주머니는 조금 떨리는 손으로 차를 한 모금 삼키고는 마음을 진정하며 말을 이었다.

"내가 제일 좋아하는 시간이 언제인지 알아?"

"음, 아마 가족과 저녁을 먹을 때?"

선영은 그렇게 말하면서도 그 물음에 대한 적절한 답이 되지 못한다는 것을 예감하고 있었다.

"전혀. 내가 가장 좋아하는 시간은 퇴근길에 주차장에 차를 대놓고 혼자서 얼마간 음악을 들으며 가만 앉아 있는 시간이야. 기껏해야 음악을 세 곡 정도 들을 수 있는 시간인데, 그 시간이 가장 행복해. 그 시간이 없다면 나에게 가정 같은 건 진작 무너져버렸을지도 모를 만큼 소중해."

어째서인지 선영은 그 말을 들으면서 삶이란 안정을 꿈꿀수록 참 고달픈 것이구나 하는 생각이 들었다. 하지만 모두가 안정을 꿈꾼다. 그것도 참 성실하게, 그래서일까. 고달픈 순간들은 쳇바퀴를 돌듯 우리 일상에 어김없이 찾아오고, 결국 사람이란 아주 간신히 지켜내고 싶은 자신의 마지막 행복을 위해 그 모든 희생을 감수할 수밖에 없구나, 라고 인정할 수밖에는 없었다.

"오늘은 일주일에 한 번, 내가 쉬는 날인데 쉴 수가 없는 거야. 졸린 아이를 깨워서 어린이집에 보내야 하고 편식하면 나무라야 하고, 남편의 아침을 차리고 셔츠를 다리고, 그리고 두 사람을 보낸 다음에는 밀린 빨래와 청소, 설거지들이 나를 기다리고 있어. 오늘 집을 나서는 남편과 아이의 얼굴을 보는데 참 행복해 보이더라구. 나도 따라서 어색하게 미소를 지어 보였는데, 속에서는 뭐라고 표현할 수 없는 외로움이나 갈증 같은 게 느껴졌어. 나는 참 나쁜 아내구나, 나는 참 성실하지 못한 엄마구나, 라는 생각이 내 마음을 콕콕 찌르면서 동시에 아내나 엄마 말고 인간 박혜선이란 사람은 어디에 있지, 하는 생각이 들었던 거야. 그저 이 모든 상황이 공황처럼 어지럽게 느껴졌지만 나는 묵묵히 해야할 일을 해야만 하는 입장일 뿐이지. 청소기로 바닥을 밀고 있는데, 그때 마침 우리 집 베란다에 담배꽁초 하나가 떨어지더라구. 그 뒤로는 선영 씨가 본 것과 같아. 계단을 올라가서 505호 초인종을 누르고 그 사람에게 이 담배꽁초가 당신 거냐고 물었더니, 퉁명스럽게 미안하다더군, 그래서 들고 있던 청소기로 머리를 내려쳤어. 근데 있잖아, 그때 내가 요리를 하느라 파를 썰고 있었다면 어떻게 됐을까? 장담하지 못하겠어. 그 사람 머리에서 솟구쳐 오르는 피를 보면서 그런 생각이 들었던 거야. 죄책감 같은 건 없었어."

찻잔을 만지작거리며 조곤조곤 자신의 속마음을 이야기하는 405호 아주머니 앞에서 선영은 그 모든 이야기가 언젠가 자신이 마주하게 될 고독의 일정 부분은 아니기를 바랐다. 집으로 돌아온 선영은 그 이야기를 일기에 적어두었다. 그러고는 저녁때까지 별다른 일을 하지 않고 멍하니 자신의 미래에 대해서 한번 떠올려보았다. 적당히 안정적인, 행복한 일상. 하지만 그 시간을 지켜내기 위해 요구되는 외로움의 질량에 대해서는 도통 가늠할 도리가 없었다.

선영의 책장에 꽂혀 있는 많은 수험서, 그것은 분명 지금껏 그녀가 삶을 주어진 대로 성실히 살아왔음을 증명해주는 얼마 되지 않는 증인들이다. 그러나 유감스럽게도 그것으로 얻은 보상들인 자격증 개수나 점수 같은 부류의 수치들은 단 한 번도 그녀 자신에게 사랑에 대해 알려준 바가 없다. 선영은 침대에 비스듬히 누워 목만 내놓은 채로 거꾸로 된 세상을 바라보았다. 창밖으로는 비가 내렸다. 하지만 선영이 그 사실을 알아차린 것은 빗소리가 세상을 안아주기 이전에 이미 은은하게 내려앉은 날씨의 향 때문이다. 메마른 도심을 적시며 비 냄새는 제법 쿰쿰하지만 밉지 않은 분위기를 이끌어낸다. 마치 단절되어 끊어진 곳에 새로운 관계 형성을 도모하는 박수 소리같이, 일제히 쏴아, 하고 비는 세상을 두드리며 싱그러운 환호성처럼 마음을 부둥켜안곤 하는 것이다. 하지만 그녀가 거꾸로 바라보는 세상에서는 그 수많은 빗방울 속에서 그녀 자신은 조금도 연루되어 있지 않은 듯이 알 수 없는 허전함 같은 것이 느껴졌다.

—노을이 붉고 아름다운 이유는 세상을 뒤덮고 있는 먼지들을 스쳐 지나는 빛의 굴절 때문이라는데, 그렇다면 우

리 삶을 아름답게 만드는 의미들은 이토록 작고 무수한 외로움이려나.

선영의 머릿속에서는 그런 생각들이 빗소리를 따라 어디론가 흐르고 있었다.

2.

며칠 뒤, 선영은 불꽃놀이를 대비하기 위해서 이른 아침부터 출근을 준비하고 있었다. 선영이 문을 열고 나설 때, 밤근무를 마치고 퇴근을 하는 505호 아저씨와 마주쳤다. 아저씨는 이마를 다섯 바늘이나 꿰매었다고 했다. 선영이 조금 안쓰러운 마음이 들어 "괜찮으세요?" 하고 물어보았으나, 아저씨는 이미 온 동네에 여자에게 맞아서 머리가 찢어졌다는 소문이 퍼져서인지 자존심이 퍽이나 상해 보였다. 아저씨는 시큰둥한 말투로 "이까짓 거, 아무것도 아니지. 나 이상식이야. 이상식!" 하고 말하면서 유유히 걸어갔다. 이후 선영이 405호 아주머니에게 들은 말에 의하면 아주머니가 사과하기 위해서 편지와 보약을 들고 찾아갔더니 글쎄, 남자에게 좋은 보약이라는 말에 505호 아저씨가 못 이기는 척 아주머니를 용서해줬다는 것이다. 그 이야기를 듣고 선영은 505호 아저씨도 아직까지 철이 좀 덜 들었을 뿐, 그렇게 나쁜 사람은 아니라는 생각을 했다. 아무리 그래도 자기 머리를 내려친 사람을 겨우(?) 그런 이유로 바로 용서할 수가 있다니, 그녀에게는 도통 상식적으로 이해가 되지 않는 일이기도 했다. 그리고 505호 아저씨는 다른 아주머니들에게 405호에 대한 이야기를 대강은 전해 들었는지, "아무튼 간에 마누라 힘들게 하는 남자들은 혼자가 돼봐야 정신을 차려. 당신 집안일 좀 열심히 하고 살아. 안 그러면 내 대갈빡이 언제 또 박살이 날지 모르니까!" 하고 오히려 함께 사과하러 갔던 박씨 아주머니의 남편에게 면박을 주고서 쾅, 문을 닫아버렸다고 했다.

어쨌거나 어느새 눈앞에 펼쳐진 풍경은 봄의 절정이어서 그저 걷는 것만으로도 어느 정도는 삶의 희망이나 슬픔의 치유 같은 것들을 경험해볼 수 있을 계절이었다. 버스 안에서 선영은 이토록 푸른 하늘이 허무하게 텅 비어버린 밤으로 빠진 뒤에 비로소 시작될 화려한 불꽃놀이를 떠올렸다. 그 무렵 그녀는 손아귀에 흠뻑 땀이 고여도 그러려니 하고서 별로 큰 신경을 쓰지 않을 정도로 스스로에게 너그러운 감정을 느끼고 있었다. 그것에 특별한 의미를 부여하지는 않았지만, 그녀 자신도 어렴풋이 이제는 더 이상 자기감정을 애써 숨기지 않아도 삶을 살아가는 데에 그리 막대한 피해를 입을 일은 없다는 사실에 동의하고 있었는지도 모르는 일이다. 내 감정이 누군가에게 어떤 식으로 작용하든, 그것은 이미 자신의 손을 떠난 일이라는 사고방식이 조금씩 선영의 마음속에 뿌리를 내리고 있었다.

놀이공원에 도착하니 이미 사람들의 행동 하나하나에는 설렘이 묻어 있었다. 사실상 일과는 평소와 다름없었고 그리 바쁘게 무언가를 준비할 필요도 없는 시간이었지만 눈에 보이는, 사람들의 걸음과 대화와 잠시 기지개를 켜는 몸짓 그 모든 것이 이상하리만치 분주하고 완연하여 마치 이 장소에서 대단한 행사가 벌어지기라도 하는 듯한 긴장감을 만들어내고 있었다. 선영도 그 대열에 합류하여, 마치 그들이 계절

의 변화를 만들어내는 데 굉장히 큰 이바지를 하고 있는 듯
한 사명감으로 오늘만은 특별히 더 크고 예쁜 비눗방울을
만들어볼까, 하는 다짐을 가슴속에 펼쳐보기도 했다.

"언니! 오늘은 저도 일일 아르바이트생이에요! 잘 부탁드
려요!"
연주가 곱게 양 갈래로 땋은 머리를 하고서 명랑하게 말했
다. 그리고 그 옆에서 민성도 풋풋한 미소를 머금고 선영에
게 인사를 했다.
"정말? 선배로서 내가 모범을 보여줄 때가 됐군! 나도 잘
부탁해!"
선영은 손을 번쩍 들어 연주와 하이파이브를 했다. 곧이어
민성과 손뼉을 마주할 차례였지만, 일전에 그 조그마한 아
이가 같이 손을 뻗어주지 않아, 당황한 나머지 혼자 만세를
했던 기억이 떠올라 잠시 주춤했다. 그때 민성이 먼저 하늘
을 향해 높게 손을 들어 올렸고, 두 사람은 마침내 쾌청한
손뼉 소리를 만들어내며 마음을 나눴다. 선영은 어딘가 모
르게 눈빛에 그늘을 머금고 있었던 소년이 이제는 제법 다
정한 분별력을 행사할 만큼 양지의 영역으로 걸어 나왔다
는 생각을 했다. 주변은 아직 환한 대낮이었지만, 손바닥을
마주하는 것으로 이미 그들만의 불꽃 축제가 환히 열린 듯
한 기분을 느꼈다.
"뭐야? 이 묘한 기류는?"
선영이 연주에게 귓속말을 하자 연주의 얼굴은 발갛게 달
아올랐다.

"언니, 사실은 민성이가 저번에 집 앞으로 찾아왔어요. 그리고 저를 껴안고는 고맙다고 말하는 거예요. 그러곤 펑펑 울음을 터뜨리는데, 사실 저는 좀 놀랐어요. 이 친구가 이렇게 대놓고 감정 표현을 했던 건, 어린 시절부터 지금까지 처음 있었던 일이라서 말예요. 저는 어떤 말을 할까, 어떻게 행동할까 하다가 그냥 그대로 가만히 이 남자애가 나를 안고서 울고 싶은 만큼 다 울 수 있도록 해주고 싶단 생각이 들어서 더 깊이 그 아이한테 안겼어요."

"어머, 너희들 제법 당돌하잖아!"

선영은 그렇게 말하면서 그 두 사람을 이어주고 있는 감정이 얼마나 대단한 것인지에 대해 가늠해봤다. 어쩌면 한 번도 누군가를 안아주고 싶다는 생각을 해본 적이 없는 자신보다, 오히려 그런 마음을 가진 두 사람이 더 크고 깊은 품을 가진 존재로 성장하지 않을까 생각하면서. 목 놓아 눈물을 흘릴 만큼 의지할 대상이 있다는 건, 한 명의 사람에게 어떠한 의미를 지니고 있을까. 선영은 그때 자신이 언제 마지막으로 울었는지 기억나지 않을 만큼 '운다'는 행동과 마음의 표출이 그녀의 삶에서 꽤나 멀리 벗어나 있었다는 것을 깨달았다.

선영은 들뜬 발걸음으로 탈의실에 들어갔다. 그날 입을 인형 옷을 꺼내려고 캐비닛을 열었을 때 그 안에서 감독 할아버지가 남겨둔 쪽지 한 장을 발견했다. 거기엔 "오늘은 특별한 날입니다. 직원 여러분은 사명감을 가지고 이날을 우리의 멋진 추억으로 만들어주시길 바랍니다"라는 말이 담겨 있었다. 그녀는 그 쪽지를 주머니에 잘 넣어두고는 옷을 갈아입고서 밖으로 나갔다.

마침내 모두가 기다리던 밤이 찾아오고, 불꽃놀이를 위해 몰려드는 관람객들 사이에서 선영은 열렬히 다채로운 비눗방울을 만들어냈다. 그날은 현실의 틈에서 잠시 빗겨나 있는 미지의 시간인 것처럼 모든 이가 한결 평온한 미소를 머금고 축제가 시작될 시각만을 기다리는 것 같았다. 어느새 연준도 한 걸음 멀리에서 선영의 모습을 바라보았다. 선영이 그의 모습을 발견했을 때 세 번째 만남이었을 뿐이지만, 어느 때보다도 친숙한 얼굴로 그는 손을 흔들고 있었다. 아마 그녀는 잘 깨닫지 못했을 수도 있지만, 그 무렵부터 이미 선영의 가슴속에서는 고요한 불꽃이 밤의 어둠을 희석하며 잊을 수 없는 빛을 만들어내고 있었다.

"용케도 저를 찾았네요?"
선영은 꽤나 두터운 인형 옷 속에서 말했다.
"아아, 저는 다만 바람에 날려 온 비눗방울들을 졸졸 쫓았더니 거기에 마술 같은 일을 벌이는 곰 인형이 있던걸요."
선영은 말쑥하게 차려입은 연준에게 함께 일하는 동료들을 소개했다. 하지만 감독 할아버지는 어딘가 불편한 곳이 있기라도 한지 초조해하는 기색을 보였다. "왜 그러세요?" 선영이 그렇게 묻자, 감독님은 "생각보다 일회용 카메라 판매가 저조하잖아. 요즘은 다들 디지털카메라를 하나씩 들고 있어서인지, 흐음 이래선 조금 곤란한데……"라고 말했다.

그 대화를 묵묵히 듣고 있던 연준이 일회용 카메라 판매 부스로 걸어가더니 팻말에 적힌 "일회용 카메라 판매 중" 대신에 다른 문구를 적어보는 것이 좋겠다고 제안했다. 그 말을 들은 직원들은 머리를 맞대고 고민을 했지만 딱히 특별한 홍보 문구나 표현들이 떠오르진 않았다.

"차라리 할인을 해버려요."

"일회용 카메라를 사면 솜사탕을 준다고 해볼까?"

여러 제안 중에서도 끝내 큰 효과를 볼 법한 방도를 찾지 못하자, 연준은 그냥 자기가 지금 떠올리고 있는 문구를 조용히 써보기로 했다.

—오직 한 번뿐인 순간을 가장 환하게 보존하는 방법.
  필름은 추억을 해방하는 오래된 약속입니다.

마침표를 찍는 순간, 일제히 사람들의 눈이 반짝이는 것을 느낄 수가 있었다. 그때 추억이라는 단어를 바라보면서 그 자리에 속해 있던 사람들은 각자 무슨 생각을 떠올렸을까.

"항상 현재를 말하고 있는 것은 사진밖에 없으니까요."

그 말을 들은 직원들은 일제히 박수를 치면서도 정말로 홍보 문구 하나로 단 한 대도 팔리지 않은 일회용 카메라가 사람들의 관심을 이끌어내는 일이 가능할까 하는 걱정을 완전히 지울 수는 없었다. 하지만 우려와는 다르게, 하나둘 손님들은 일회용 카메라 부스에 모여들기 시작했다. 연준과 선영은 그 모습을 지켜보면서 뿌듯한 미소를 지었다.

"어쩌면 지금 곧장 확인할 수 없다는 답답함과 모자람이 필를 카메라가 지닌 가장 큰 가치이고 매력인 거니까요."

연준이 선영의 인형 옷을 상세히 들여다보면서 말했다.

"모자람도 특별한 까닭 없이 사랑으로 느껴지기도 한다는
게 재미난걸요!"

예상 밖의 선전을 하고 있는 일회용 카메라 판매에 선영은
제법 들뜬 어투로 답했다. 그런 그녀의 목소리를 들으면서
연준은 그 대상이 도구든 사람이든 상대의 나약함마저 사
랑하게 되는 일이 실은 가장 긴밀한 관계 맺음은 아닌가 하
는 상상을 했다. 동시에 지금 이 인형 옷 속에 있는 사람이
어떤 표정을 짓고 있을지, 그 사람의 마음에는 어떤 나약함
이 자리 잡고 있을지와 같은 것들이 궁금해지고 있음을 느
꼈다.

세상의 어둠 앞에 어느덧 사람들은 호젓이 자리를 잡고 앉
아 그 품에 자신을 투영하고, 놀이공원 어느 한편에서는 민
성과 연주도 곧이어 밝혀질 밤의 공허함을 곧이곧대로 바
라보고 있었다.

"너는 왜 늘 나를 보고 있어?"

민성이 연주에게 그렇게 물을 때 드디어 불꽃이 침묵의 허
공을 가르며 하늘을 향해 날아올랐다.

"글쎄, 안아주고 싶어서?"

"근데 넌 나를 안아준 적이 없잖아."

"맞아, 오히려 며칠 전에 네가 날 안아줬지. 그러니까 넌 용
기 있는 아이인 거야. 늘 바라만 보면서 마음으로만 응원했
던 나랑은 다르게 너는 정말 나를 안아줬잖아."

"안아주고 싶다는 건 어떤 이유에서야? 내가 불쌍해 보여서 그런가. 나는 따돌림을 당하는 입장이니까."

"그저 안쓰러운 탓에 안아주고 싶다는 마음이랑은 달라."

"뭐가 다른데?"

둘의 대화가 거기에 이르렀을 때, 마침내 불꽃도 가장 높은 곳에 도달해 수만 갈래로 줄기를 뻗으며 지금 막 이곳에 도착한 빛의 행성처럼 밝아왔다.

"언제부턴가 너의 모자람이 조금씩 사랑스러워 보이기 시작했어. 나한테 너는 따돌림을 당하는 애가 아니라, 그냥 사랑스러운 애야."

형광 불꽃이 하늘에서 둥글게 하나의 형태에서 또 다른 꽃을 피우고 그렇게 흩어진 작은 불씨가 빗소리처럼 일정하게 마음을 두드려댈 때, 끊임없이 팽창해가던 성장통도 어느새 실루엣처럼 형태만 검게 그을리며 그 두 사람의 등 뒤에서 가늘게 흔들렸다.

"가끔 그런 생각을 해. 이렇게 다가왔다가 네가 내게서 멀어지면 나는 또 어떻게 하지?"

민성의 말이 끝나자 요란하게 울리던 비가 그친 듯이 불꽃도 잠깐 주춤하는 추세를 보였다. 민성의 마음이 어둠 속에 슬며시 수그러질까 혼란스러운 사이, 연주는 당연하다는 말투로 그렇게 말했다.

"그럼 나는 너를 자주 만나러 가겠지."

이내 다시 작렬하는 불꽃들. 민성은 고개를 돌려 연주를 바라보았다. 그는 그녀의 얼굴에 이따금 비치는 빛의 파문들을 보면서 어떠한 허물도 없이 그저 투명하고 맑은 존재가 지금 자신에게로 무한정 가까이 다가왔음을 깨우쳤다. 두 사람은 어깨를 슬그머니 서로에게 기댄 채로 풍경처럼 그 순간에 녹아들었다. 마치 그것이 오직 한 번뿐인 순간을 가장 환하게 보존하는 방법이라는 듯이.

3.

벚나무들이 불빛 아래에서 하늘거렸다. 사람들은 연신 탄성을 터뜨렸고, 특히나 아이들의 초롱초롱한 눈 속에는 마치 우주가 들어 있는 듯한 반짝임이 가득 차올랐다. 오히려 깊고 진한 것이라면 눈동자 쪽이 훨씬 농후했기 때문에, 심지어는 하늘에서 빛나는 것이 그들의 눈가에 반사되고 있는 불꽃이 아니라, 그 고매한 눈동자에서 뿜어져 나오는 시선이 새까만 밤의 캔버스에 그대로 그려지고 있는 것 같기도 했다.

"조금 있다가 구름이도 보여줄게요."
선영이 머리맡에서 하늘거리는 벚나무 가지를 바라보며 연준에게 말했다.
"그 길에서 데려온 리트리버 강아지요? 좋아요."
"생각해보니까 불꽃놀이를 이렇게 굳이 시간을 할애해서 보는 건 처음이에요."
"한 번도 본 적이 없어요?"
"아니요. 간간이 본 적은 있지만, 우연히 주변을 지나다가 봤다거나 별로 감흥이 없는 상태에서 환하게 내 앞에서 멎어버리는 것인 줄로만 알았어요."
"지금은 이전과 다르게 느껴져요?"
"음, 확실히 다르다고 하기에는 정말로 느낌뿐이지만……."
선영이 말을 고르는 사이, 바람에 흔들리던 벚꽃이 고백을

앞둔 이의 입술처럼 활짝 열렸다. 계속해서 불꽃은 만개했기 때문에 사람들은 벚꽃이 휘날릴 때마다 사랑의 비밀을 알게 된 사람처럼 탄성을 자아냈다.

"그동안에는 아름다운 것은 어찌 됐든 나와 동떨어진 채로 저마다 자기 뜻대로 그저 아름답게 머물다 가는 것이라고 느꼈는데, 지금 이 쏘아 올린 불꽃 아래에 서 있으니, 이 계절을 완성하는 것은 그 풍경의 아름다움을 읽어내고 있는 내 시선이라는 생각이 들어요."

선영은 그렇게 말하면서 주먹을 쥐고서 자기 손에 얼마나 땀이 배어 있는지를 확인했다. 결론부터 말하자면 선영은 그날 연준의 손을 잡지 못했다. 선영은 그 이유를, 이전보다는 조금 나아졌다곤 해도 여전히 증상은 계속되고 있었기 때문이라고 생각했다. 하지만 만약에 그때 선영이 그의 손을 잡았다면, 또 그가 선영의 손을 잡아줬다면 결과는 달라질 수 있었을까. 설령 그랬을 것이라고 자신할 수 있을지라도, 다만 '만약'이란 이루어지지 않은 미지의 시간과 존재하지 않는 사건에 대한 허약한 꿈일 뿐이다.

"계절을 완성하는 것은 그 풍경의 아름다움을 읽어내고 있는 나의 시선…… 정말 좋은 말인 것 같아요. 절로 고개를 끄덕이게 만드는."

연준은 선영의 손을 바라보면서 계속해서 말을 이었다.

"선영 씨가 지니고 있는 정말 소중하고 특별한 구석은 초능력과는 별로 관계가 없는지도 모르겠어요."

"네? 저는 전혀 특별하지 않고, 조금 이상한 부류에 가깝죠."

"뭐 이상한 것과 특별한 것은 정말이지 바라보는 시각에 달려 있으니까요, 하하."

그러곤 잠시 동안 아무런 말도 하지 않은 채로 불꽃의 화려한 색감이 하늘의 어둠에 흩뿌려지는 것을 두 사람은 멍하니 바라보고 있었다. 놀이공원의 순박한 음악 소리, 사람들의 낮은 웅성거림, 불꽃이 하늘을 수놓을 때마다 일제히 울려 퍼지는 환호와 그것을 바라보는 연인들의 눈빛까지 봄의 완연함이 그 어느 때보다 가까이에 머무는 듯이 느껴지는 정경이었다. 그러다 놀이공원의 모든 불빛이 잠시 멎더니, 이내 부산스러운 소리들도 잦아들고 마침내 밤하늘에는 운하를 만들어내는 듯한 하나의 거대한 폭죽이 쏘아 올려졌다.

그 순간에는 모든 소리가 사라진 듯이 조용했다. 새까만 저 어둠 속에 펼쳐지는 색감을 제외하고서는 모든 세상의 메시지들이 효력을 갖지 못하는 듯이 오직, 만개하는 불꽃만이 의미를 지니고 있는 듯했다. 선영과 연준은 어느새 일정하게 유지하던 간격을 허물고, 아주 가깝게 어깨를 마주하고서 그 광경을 눈과 마음에 담아내고 있었다. 그 순간은 그들이 살아온 모든 순간과도 바꿀 수 없을 만큼 명료한 것이어서 두 사람은 아마도 긴 시간 동안, 이 순간이 그들에게 중요한 의미를 지닌 채 머물게 될 것이란 걸 예감했다.

선영은 가장 높은 곳, 가장 화려한 순간의 빛을 끝내 바라보지 않고 가만 눈을 감았다. 그리고 손을 뻗어 저기 닿을 수 없는 몇 광년의 거리를 건너뛰어 빛나는 별의 촉감을 획득

하는 여행자가 된 기분을 느꼈다. 그녀는 눈을 감고 이 순간
이 지닌 의미들에 마음을 쏟고 있었다. 아주 짧은 시간이었
다. 불과 몇 초가 되지 않은 시간 동안, 그녀는 세상에서 유
일하게 다른 별의 흐름과 마음으로 대화를 나눈 사람이 되
어 있었다. 잠시 후 날아드는 불꽃의 파열음, 선영은 그것이
별의 목소리라고 느꼈다. 그녀의 삶 동안, 무엇으로도 채울
수 없었던 갈증과도 같았던 빈틈 속으로 그 목소리는 스쳐
지나며 따뜻한 위로를 건네는 듯했다. 눈을 지나, 귀를 거쳐,
목덜미를 타고 어느새 그녀의 가슴속으로 스며드는 따스한
한마디. 가능하다면 그녀는 영혼의 아주 깊은 장소에 그 목
소리를 안치하여, 긴 방황의 시기가 찾아올 때마다 그곳에
기대어 조용한 꿈을 꾸고 싶다는 바람을 가졌다.

연준은 그 모습을 물끄러미 바라보고 있었다. 이따금 그녀
의 얼굴에 불꽃의 빛깔이 반사될 때면, 굳이 불꽃놀이를 보
지 않아도 이렇게나 가까운 자리에 이름 모를 들판의 향기
로운 꽃 하나를 마주한 기분을 느낄 수가 있었다. 그는 그
순간에 가슴속에서 그간 도망치고 싶었던 하나의 마음가짐
같은 것과 맞닥뜨렸음을 알아차렸다. 그가 평생 수집해온
것보다 가치 있는 것이 아직 자신의 내면에 존재하고 있음
을 깨달은 순간이었다.

그때 선영과 연준의 뒤에서 그 두 사람을 얼마나 찾아다녔
는지 이마에 촘촘하게 땀이 맺혀 있는 한의사 선생님이 나
타났다.

"이봐! 내가 얼마나 찾아다녔다구!"

"아하, 오셨구나! 불꽃이 정말 예쁘지 않아요, 선생님?"

"아니, 난 불꽃 같은 것에는 관심이 없고…… 호오, 정말이지 눈만 빼면 소문과 비슷한걸……."

한의사 선생님은 연준을 주의 깊게 관찰하며 그렇게 말했다. 연준은 처음에 다소 난감했으나, 이내 그가 그저 순수한 호기심으로 자신을 바라보고 있다는 걸 깨닫고는 차츰 부담을 내려놓았다. 불꽃놀이가 끝이 나고 많은 사람이 놀이공원을 빠져나가기 시작하자 낭만적으로만 보였던 공간이 급속도로 복잡해져서 자칫 주의하지 않으면 경미한 사고가 일어날 수도 있을 정도였다.

"어, 사람들이 갑자기 몰리는 것 같은데 얼른 나도 가봐야겠어요. 반가웠어요, 선영 씨. 그리고 호오…… 영광이었습니다."

한의사 선생님은 마치 연준의 팬이라도 되는 듯이 들뜬 얼굴로 악수를 건넨 뒤, 유유히 인파에 섞여 출구로 향했다. 선영은 연준에게 사람들을 안내하고 올 테니 조금 뒤 관리실에서 만나자는 말을 남기고, 벗어두었던 곰 인형 탈을 다시 주워 들었다.

"선영 씨, 여기는 인원이 충분하니까 걱정하지 말고 관리실에 가서 옷 갈아입고 와요."

인파 속에서 힘들게 균형을 유지하며 출구를 안내하고 있는 선영을 보고, 감독 할아버지가 말했다. 선영은 마침내 중요한 행사를 무사히 끝냈다는 안도감과 긴장이 풀린 탓에 덜컥 찾아드는 피로감을 동시에 느끼며 성큼성큼 관리실로 걸어갔다.

관리실 앞에서는 민성과 연주가 선영을 향해 손을 흔들고
있었다. 덩달아 신이 난 선영도 춤을 추며 그들을 향해 걸
어갔다.
"왠지 언니 기분이 좀 좋아 보이지 않아?"
연주가 물었다.
"응. 꿀단지를 발견한 어린 곰이 아무에게도 말하지 않고
제일 먼저 달려오는 것 같아."
민성이 그렇게 답을 하자 연주는 꺄르르 웃었다.
"네가 웃는 모습을 볼 때 나도 그런 기분이 들어."
"내가?"
"응, 네가 교실에서 축 처진 모습으로 있다가, 혼자서 무언
가를 보고 미소를 지으면 나도 바람에 파르르 떨리듯이 웃
음이 나와."
연주는 그렇게 말한 뒤 선영에게로 달려가서 인형 탈을 벗
겨줬다.
"고마워, 연주야. 민성이도 오늘 고생이 많았겠어!"
그들이 불꽃놀이의 마무리를 자축하고 있을 때 연준도 그
자리에 도착했다.
"저기, 오늘 덕분에 일회용 카메라를 하나 빼고 다 팔았어
요. 고마워요."
민성이 마지막 남은 카메라를 연준에게 전하면서 말했다.
"이건 감사의 선물 같은 건가?"
"네, 연준 삼촌에게도 오늘 불꽃놀이가 오래오래 좋은 추억

이 되었으면 좋겠어요."

"고맙구나. 그런 김에 다 같이 사진 한 장 찍을까?"

연준은 간이 테이블에 카메라 타이머를 맞춰두고 앵글을 잡았다.

"자자, 조금 더 붙어 서요."

세 사람은 사진을 찍는 게 조금 민망한지 쭈뼛댔다. 그러자 그 모습을 보고 연준이 웃으면서 말했다.

"지금 그 모습은 마치 쓰레기장 귀신을 본 사람들 같아요. 조금 더 웃어요!"

세 사람은 웃음을 터트리며 서로의 손을 잡았다.

—웃어요. 언제나 가장 소중한 것은 바로 지금 이 순간!

4.

사진을 찍은 뒤, 선영은 옷을 갈아입고 구름이가 있는 관리실 뒤편으로 갔다. 그러나 그곳에 구름이의 모습은 보이지 않고 그저 목줄만 덩그러니 남아 있을 뿐이었다. 먼저 간 세 사람도 그것을 확인하고 어찌 된 영문인지 당황하던 찰나였다.

"목줄이 풀린 것 같아. 마지막으로 확인한 게 몇 시쯤이지?"

연준이 다급하게 말했다.

"불꽃놀이를 시작하기 전에 제가 와서 사료를 줬어요!"

마지막으로 구름이를 본 것은 민성이었다. 시각은 대략 두세 시간 전. 주변에는 아마 많은 사람이 있었을 것이고, 적지 않은 인파에 구름이는 조금 겁을 먹었을 수도 있다. 하지만 어디로 가버렸는지 좀처럼 가늠할 수 없는 상태였다. 선영은 몹시 떨리는 음성으로, "흩어져서 찾아보자. 나랑 연준 씨가 같이 갈 테니까 너희 두 사람도 같이 찾아보고 연락해줘! 무슨 일이 있으면 바로 전화하구!" 그렇게 네 사람은 두 조로 나뉘어 구름이의 행방을 찾아보기로 했다. 연준과 선영은 놀이공원 밖을, 그리고 연주와 민성은 놀이공원 내부를 맡았다.

선영은 마음속으로 구름이와 같이 사진을 찍으려 했다면 조금이라도 일찍 그 빈자리를 알아차렸을 것이라고 스스로를 나무랐다. 두 사람은 긴 내리막길을 쉬지 않고 급한 걸음으로 내려갔다. 하지만 주변에 이미 새까만 어둠이 내린 시간이어서 그 상태로 구름이를 찾아낸다는 건 상당히 어려워 보였다. 선영은 지금까지 자신이 마주했던 싸늘한 동물들의 모습을 애써 지우려고 노력했다. 그러면서 그녀가 언제부턴가 의심하고 있던 이 도시의 어둠을 생각했다. 주변을 빙빙 맴돌며 그녀를 어지럽게 만들던 그 어둠. 끝내 희미한 덫이 되어 그녀의 평화를 집어삼키고 있는 그것을 생각하면 한시라도 빨리 구름이를 그 차가운 어둠 속에서 구출해내야 한다는 기분에 사로잡혔다.

한 시간이 흐르고, 두 시간이 흐르고, 연주에게서 놀이공원 내부를 샅샅이 뒤졌지만 구름이를 찾지 못했다는 소식을 듣고서 선영의 마음은 더욱더 어두운 바닥으로 내려앉는 듯했다. 연준은 그런 선영의 등을 다독여주며 너무 큰 걱정은 말라고 했지만 어떻게 이 상황을 헤쳐 나가야 할지 좀처럼 뚜렷한 방안이 떠오르지는 않았다.
"골목! 그 골목으로 가야겠어요."
그때 선영은 느닷없이 처음 그녀가 직면했던 가장 깊숙한 두려움을 떠올렸다.
"거기까지는 꽤 거리가 있어요. 설마 구름이가 거기까지 갔다고 생각해요?"
"구름이가 혼자 간 게 아니라면요? 누군가가 일부러 데려간 거라면!?"
단순히 머릿속을 맴돌던 걱정에 불과했지만 두 사람은 무엇이라도 해볼 작정으로 그곳을 향해 나아갔다. 거리에는 자신을 외부에 드러내길 꺼리는 누군가의 속마음처럼 짙은 안개가 내려앉아 있었다. 골목에 가까워질수록 선영은 울고 싶다는 강한 열망에 휩싸였다. 하지만 자신은 아직 울 자격이 없다는 생각이 들어 그 눈물을 꾹 참았다. 커다란 괘종시계처럼 밤하늘의 달이 이따금씩 구름을 벗어나며 시간의 흐름을 알리고, 텅 비어버린 듯한 거리 위로는 어떤 기적도 찾아볼 수가 없을 만큼 고요했다. 두 사람은 어느새 지쳐서 거친 숨을 몰아쉬었고, 특히 선영은 마른침을 삼키기가 어려워 연거푸 기침을 할 정도였다. 결국 두 사람이 그 골목에 당도했을 때, 그 도톰한 어둠의 질량 앞에서 둘의 희망은 그저 바람에 나부끼는 작은 촛불처럼 위태롭게 흔들렸다. 선영의 몸은 여전히 포기를 모르고 있었지만 그녀의 마음은 거대한 상실의 틈을 껴안은 듯이 작아져갔다. 몇 시간 사이 그녀를 이루고 있던 영혼이 증발이라도 한 것처럼. 골목은 황량했다. 온기라고는 찾아볼 수 없을 만큼. 바로 그때, 연준이 선영의 손을 꼭 잡았다.

한없이 따뜻한 온정이 깃들어 있는 손이었다. 그 안에서 연준은 자신에게서도 아직 완전히 멎어버리지 않은 빛을 보았고, 고독과 연민, 낭만과 사랑이 아직 완결되지 않은 채로 그의 삶 앞에서 서성이고 있음을 느꼈다. 어둠에 맞서 입장을 하며 선영은 그녀 자신이 어떤 일을 해야 하는 존재인지를 확실히 깨달았다. 자신이 사랑하는 것을 지켜내기 위해 가능한 한 최선을 다하는 인간. 매일 아침 창문을 여는 것으로 하루를 시작하며, 머리를 감고, 시험공부를 하고, 새벽마다 어두운 방 안에서 반짝이는 모니터를 바라보며 자신이 있어야 할 곳을 찾아 헤매는, 그럼에도 무엇 하나 확실히 내 것으로 만들지 못해 전전긍긍 매일을 아쉬움과 손뼉을 치며 맞이하는, 새벽에 조용히 일기장 속의 낱말들로 간신히 잠을 청해보기도 하는, 나약하지만 한사코 희망을 잃지 않고 무엇이라도 되어보기 위해 갖은 노력을 다하고 있는 인간. 그토록 가냘픈 인간이 상실의 비가 소리 없이 내리고 있을 것만 같은 고독 속으로 걸음을 옮기고 있었다.

—인생은 작은 한 걸음들이 모여서 거대한 슬픔에 대항하는
  일이다.

선영은 그때 자신의 가슴속에서 그 한마디가 휘몰아치는 것을 느꼈다. 마침내 두 사람은 볼록한 어둠을 가로질러 그 안에 응집되어 있는 각자의 슬픔으로 다가섰다. 골목 너머의 세상은 고요했다. 구름이의 모습도, 그들이 꿈꾸던 세상도 존재하고 있지 않았다. 하지만 여전히 둘은 손을 포개어 잡고 있었다.

그때 선영의 휴대폰이 반짝였다.
"언니, 민성이네 할아버지가 구름이를 찾았대요!"
선영은 그만 꾹 참았던 눈물을 터뜨렸다. 연준은 그녀를 안고 아무런 말도 하지 않았다. 집을 나서기 전에 한참을 고심하며 골랐던 옷가지 중 하나가 그녀의 눈물로 고스란히

젖어갈 때, 연준은 눈물을 흘리는 여자를 품 안에 가득 껴안는다는 것의 의미에 대해 생각해보고 있었다. 그는 자신이 줄곧 스스로 지니고 있던 '아직 완전히 망가져버리지 않은 것에 희망을 놓지 않는다'는 사명이 떠올랐다. 마찬가지로 사람을 안아준다는 것은 그 사람의 마음이 잘게 부서지지 않도록 기꺼이 마음의 축이 되어주는 것임을, 자신 또한 턱없이 부족한 인간이지만 그러한 자신도 타인의 떨림을 안아주는 것으로 감히 사랑에 대해 말할 수 있다는 것이 놀라울 따름이었다.

두 사람은 택시를 타고 놀이공원으로 돌아갔다. 거기에는 감독 할아버지와 한의사 선생님, 연주와 민성을 포함해서 해맑게 웃는 구름이의 모습도 보였다.

"선생님은 여기에 어떻게……."

"에잇, 기껏 내가 예쁜 이름을 지어줬는데 말이야."

집으로 가던 한의사 선생님은 귀를 쫑긋 세우고 자신을 따라오는 강아지에게 홀려 한참을 같이 놀다가 '뽀삐'라는 이름을 지어줬다고 했다. 그런데 갑자기 어떤 노인이 다가와서는 "구름아! 우리 구름이!" 하며 소리를 지르자 선생님은 의아해하며 "이 친구는 뽀삐인데요?"라고 말했고, 그 말에 황당했던 감독 할아버지가 고래고래 소리를 지르자 선생님이 공과 사를 구분하자는 둥 엉뚱한 말을 늘어놓는 바람에 한바탕 사달이 벌어지기도 했다는 것이다. 우여곡절이 많았지만 그들은 다 함께 이 순간을 사진에 남기기로 했다.

"귀신이 찍어주는 사진이라니 새로운 의미의 심령사진이잖아! 어흑."

한의사 선생님이 자기 평생의 소원을 이룬 듯한 표정으로 말하자 모두가 웃었다.

—웃어요. 언제나 가장 소중한 것은 바로 지금 이 순간!

다시 한 번 플래시가 그들을 휘감았고, 긴 마음의 그늘은 일순간 보이지 않을 만큼 먼 곳으로 사라졌다.

5.

불이 꺼진 놀이동산에 등그러니 둘러앉아 맥주를 마시니 선영은 새벽안개 위에 걸터앉아 세상을 조망하는 듯한 기분이 들었다. 놀이공원의 감독 할아버지는 가로등을 몇 개만 켜놓고는 "이야기 좀 하다가 너무 늦지 않게들 돌아가라구" 하고서는 집으로 돌아갈 채비를 했다. 민성이 할아버지에게 연주와 조금 더 있다가 가겠다고 말하자 할아버지는 넌지시 손자의 머리칼을 몇 번 쓰다듬고서 집으로 돌아갔다.

"그러니까 저 두 친구가 서로 좋아하는 사이인 거죠?"
두 아이의 묘한 분위기를 읽어낸 연준이 보름달 같은 미소를 지으며 물었다.
"네, 맞아요. 멋지지 않아요? 서로 좋아하는 사이라는 건."
연준은 그런 말을 하는 선영의 얼굴을 아주 자세히 들여다보았다. 속눈썹 하나하나에 다 이름을 붙여줄 정도로 정교한 눈빛으로. 봄바람이 슬며시 묻어나는 선영의 이마는 손바닥으로 한번 이유 없이 그 열을 확인해보고 싶을 만큼 매력적이었다. 그 촉감은 어떨까, 보송한 이불 같으려나, 혹은 주머니 속에 옅은 체온으로 남아 있을 그리움 같으려나. 그는 손을 뻗으면 그녀에게 바로 닿을 수 있는 거리에 앉아 있었으나, 애써 자신이 느끼고 있는 감정의 촉각들에만 신경을 쏟아볼 뿐이었다. 유연하게 솟아오른 코, 이따금 대화를 나누며 씰룩거릴 때면 다가서서 같이 얼굴을 비비고 싶다는 생각이 들 만큼 인상 깊은 선이었다. 다듬어보긴 했지만 어딘가 실수를 한 것만 같은 눈썹이 눈 위에서 펄럭이고, 밤의 놀이공원에 있는 빛을 모조리 담아낸 듯 반짝이는 눈동자에서는 꿈에서라도 첨벙 빠져들고 싶을 만큼 깊고 따스한 유년의 향수 같은 것들이 느껴졌다. 하늘거리는 셔츠 사이로는 바람결에 선영의 실루엣이 고스란히 드러나고 있었다. 마른 체형이지만 탄력 있는 몸매였다. 아마도 달리기에 취미를 지닌 날들로부터 아주 조금씩 소리 없이 성장해온 세포들이 그녀의 몸을 서서히 지금의 모습으로 다듬어왔을 것 같다는 생각이 들었다. 머리칼이 날리며 이따금 드러나는 하얀 목, 그녀를 이루는 그 선들을 부지런히 따라가면 그 속에는 아마 수많은 비밀을 품고 있는 보드라운 여인의 몸이 있을 것이다. 밀물처럼 자꾸만 끌어당기는 이미지들, 몇 차례 포옹을 하고 싶다는 생각이 해변을 덮는 파도처럼 그의 머릿속에서 지나갔다. 턱을 괴고, 물끄러미 한 사람을 바라보는 일이 이토록 삶의 보드라운 치유로 다가올 수가 있었던가. 연준은 모래밭에 혼자 남겨져 풍경의 저편으로 자신 또한 하나의 유순한 오브제로 흘러내리는 상상을 하고 있었다. 그렇게 실컷 가로등 아래에서 웃고 있는 그녀를 바라보고 있으면 지난 시절, 무언가를 그렇게 고쳐보려고 안간힘을 쓰며 성실히 자신의 사명을 고수했던 스스로의 모습이 떠오르기도 했다. 연준은 선영을 바라볼 때마다 자기 내부에서 떨려오는 뜻 모를 울림을 느꼈던 것이다.

시시콜콜한 이야기들도 어느덧 졸음 속으로 엉거주춤 수그러들 무렵, 길고양이 몇 마리가 그들 주변을 맴돌며 알 수 없는 울음소리를 내곤 했다.

"꼬리가 없네요."

"길고양이 어미는 영양이 부족해서 종종 꼬리가 없는 새끼를 낳기도 하나 보더라구."

선영의 말에 한의사 선생님이 대꾸를 했다.

"고양이에게 꼬리는 중요한 의사소통 수단인데 말이야. 꼬리를 가지지 못한 채로 태어난 저 녀석들은 꼭 그것만으로 말할 수 있는 언어를 상실해버린 채로 살아갈 수밖에 없는 거라구. 안타깝지."

그 말을 들은 선영은 고양이를 몇 번 쓰다듬다가 이내 손바닥을 펼쳐놓고 바람을 쐬었다.

"손바닥은 좀 어때요?"

"예전보다는 확실히 좋아진 것 같아요. 아니 사실은 별로 여기에 예전만큼 신경을 쓰지 않아서 잘 모르겠다는 말이 더 정확하겠지만! 요즘은 이것 때문에 크게 스트레스를 받지 않았던 것 같아요. 차라리 더 중요한 것들에 마음을 쏟자, 이런 주의랄까."

언제부턴가 선영은 손에 흐르는 땀 같은 건 대수롭지 않게 생각할 만큼 그보다 더 중요한 무언가에 많은 신경을 쓰고 있었다.

"더 중요한 거라면?"

"더욱더 안전하고 확실한 미래를 향해 나아가고 싶은 열망이 내 삶을 사랑하는 가장 큰 목적인 줄로 알았거든요. 어딘가에서 내 자리를 찾아서, 거기에서 나름대로는 보람을 느끼면서 안주할 수 있다면 그것이 행복한 삶이다. 저는 그렇게 생각했지만, 매번 그러면서도 특별히 그 과정에서 행복을 발견해내지 못했던 것 같아요. 그래서 요즘은 내가 바라는 그 확실한 미래, 흔들리지 않는 보통의 행복이 어디서 출발했는가에 대해서 고민해봤는데, 생각해보니까 제가 넘어지지 않게 안아주고 싶었던 건 미래가 아니라 오히려 지금까지 살아온 나의 삶이었을지도 모르겠다는 생각이 들었어요. 과거를 치유한다는 건 좀처럼 불가능하다고 느껴지니, 자꾸만 더 미래에 대한 확신이 간절해지고 그것으로 나름의 위안을 느껴보고 싶었다고나 할까. 미래라면 어찌됐든 나의 노력으로 갈고닦을 수 있다. 그렇게 내게 강조하고 있었지만, 실은 저는 과거를 바로잡고 싶은 사람이었던 것 같아요. 내 삶의 남은 나날들이 꼭 아름다웠으면 좋겠다는 바람은, 지나온 시간들도 흔쾌히 사랑할 수 있을 때 가능한 말인 것 같아요."

그 말을 듣고 있던 한의사 선생님은 다시 한 번 선영의 손목을 잡고 맥을 짚어보았다.

"음, 정말 훨씬 건강해졌는걸? 몸도 마음도 말이야."

"앗, 그런 게 느껴지나요?"

선영은 그렇게 말하며 어깨를 들썩였다.

"선영 씨, 내가 명의는 아니어도 돌팔이는 아니라구. 맥을 짚을 때 가장 기본이 되는 게 무엇인지 알아? 그 호흡 속에 생기가 있는가, 없는가를 긴밀하게 느끼는 일이야. 생기가 있는 호흡 위로는 기운이라는 게 생기고, 그 기운이 결국에

몸과 마음의 태도가 되는 거지. 촉각으로 환자의 질병을 판단하는 게 참 어떻게 보면 우습지 않아? 하지만 이어져 있으면 반드시 전해지는 것들이 있지. 일전에 내가 거꾸로, 라고 했던가? 맞아, 어쩌면 마음은 과거를 향해 있는데 몸은 미래로 나아가려고만 하니 서글플 수밖에 없었던 거지. 지금은 평이해. 그러니까, 잔잔해져 있어. 한차례 폭풍이 지나간 수평선같이 일정하게, 그러면서도 생기가 있는 흐름이야."

─마음은 과거를 향해 있는데 몸은 미래로 나아가려고만 하니 서글플 수밖에.

선영은 마음속으로 그 문장에 고개를 끄덕였다. 그리고 자신이 갈구하던 방향의 삶이 긴 오르막길 어디쯤에 멈춰 서서 여전히 거친 숨을 몰아쉬고 있는지를 떠올려보았다. 그때 새 목줄을 한 구름이를 데리고 연준과 아이들이 조금 어두운 표정으로 다가왔다.
"목줄이 끊어졌다기엔 너무 정확하게 잘려 있어. 마치 누가 날카로운 것으로 일부러 자른 것처럼."
그 말은 들은 사람들은 덜컥 겁에 질렸다. 결국 구름이를 관리실 내부로 옮겨두고서야 걱정은 조금 수그러들었다. 선영은 이와 같은 일들이 신문이나 뉴스에는 단 한 줄로도 나오지 않는다는 사실이 다소 껄끄럽게 느껴졌다. 작은 지역신문에서조차 동물들이 자꾸 사라진다거나, 외로움으로 날마다 술에 취해 있는 윗집 기러기 아빠의 몹쓸 행동들 때문에 육아에 지친 아랫집 엄마가 청소기로 그만 그 머리통을 내려쳐버렸다든가, 쓰레기장 귀신 소문은 전부 바보 같은 걱정과 장난이 섞인 농담일 뿐이라는 내용이 전혀 다뤄지지 않는다는 것이 선영에게는 여간 부자연스러운 인상으로 남아 있는 게 아닌 모양이다.

6.

며칠 뒤 선영은 마음가짐을 단단히 하고 편지를 쓰기 시작했다. 그녀는 세경에게 슬기의 현주소를 물어보면서, 이제와 자신이 왜 그 친구에게 편지를 쓰는지에 대해서는 정확히 알 수 없지만 어딘가 가슴 안에서 불안의 무게가 조금 가벼워지는 것을 느꼈다. 내용을 쓰기도 전 '받는 이'란에 친구의 이름과 주소를 적는 것만으로도 그간의 긴 시간이 그녀의 손목을 끌어당기는 기분이 들었다.

편지를 쓰는 일은 쉽지 않았다. 펜을 잡고 무언가 가슴속의 오래된 이야기를 꺼내놓을 때마다 그녀는 어딘가 곤란한 듯 말문이 막혔고, 때때로 뜻 모를 울림이 납작하게 편지지를 누르며 창백한 분위기를 만들어내기도 했다. 그렇게 선영이 편지를 다 완성하기까지는 몇 달이 걸렸다. 그사이에 계절도 바뀌었다. 수많은 날씨가 그녀의 창밖을 지나갔다. 다채로운 색감들로 피어났던 거리의 꽃들도 온통 푸르게 변했다. 매미들의 울음이 수시로 창을 두드렸다. 그녀는 새벽마다 모기를 잡는 수고를 해야만 했지만, 간간이 선풍기 앞에서 옛날 노래를 들으면서 수박을 썰어 먹는 즐거움도 누리곤 했다. 그리고 그 여름의 향기가 이제 막 구름 저편으로 발갛게 물들어갈 무렵이 되어서야, 새하얗게 빛바랜 기억처럼 빈 공간으로 남아 있던 편지지도 검고 뚜렷한 색으로 채워져갔다. 창밖으로는 여름의 끝자락을 알리는 비가 쏟아지고 있었다. 창을 두드리는 기억의 파편들, 마음이 온통 젖어가면서 몇 번의 고비를 넘기고서야 편지의 마지막에 당도하여 "언제나 너의 행복을 바라는 선영이가"라는 마침표를 찍을 수가 있었던 것이다.

선영은 이따금 연준의 집에 들러 함께 맥주를 마시면서 이런저런 이야기를 나누었다. 그리고 여름이 한창일 때에는 마침내 그녀가 마주했던 그 골목의 서늘함이 실체를 드러내어 사람들 앞에 그 비밀을 드러내고 말았다.

"선영 씨가 걱정하던 게 정말로 실재하던 일이라니."

"그러게요. 아니었으면 좋겠다고 생각하면서도 막상 이렇게 진실이 밝혀지고 나니 뭔가 개운할 줄로만 알았는데 더 찝찝한 것 같기도 해요."

맥주 한 캔을 따면서 선영이 답했다. 둘은 며칠 전 신문에 나온 기사 하나를 들여다보고 있었다. 그간 동물들에게 지속적으로 학대를 감행해온 고등학생들에 대한 기사였다.

"별다른 이유도 없이 그냥 그랬다는 말은 정말일까요, 아니면 자기도 모르는 이유들 때문에 그런 끔찍한 일들을 해왔던 걸까요?"

선영이 맥주 한 모금을 삼키며 말했다.

"글쎄요, 하지만 순수함을 가장한 폭력이 실은 가장 아프고 잔인한 법이니까 별다른 이유가 없이 그랬다는 말 자체가 좀 무섭게 다가오기도 해요."

연준은 그렇게 답하면서 오디오 볼륨을 조금 줄였다. 그러고는 오늘 아침 읽고 오려둔 신문도 가져와서 선영에게 보여줬다.

"문제는 어느 한 사람이 이런 일의 원흉이 아니었다는 거예요. 일부러 개를 버려놓고서 잃어버린 척한 사람들도 있었나 봐요. 아무래도 요즘에는 그건 가족을 버린다는 의미와도 같을 테니 사회적인 책임에 대한 두려움 때문에 벌인 일일 수도 있겠어요. 그치만 어딘가 너무 아프게 다가오지 않나요? 이성적으로 알리바이를 만들어가며 자신의 소중한 것을 잃어버리려고 노력한다니."

그는 다소 침체된 마음을 위로하려는지 자리에서 잠깐 일어나 선반을 향해 걸어갔다. 어쩌면 그날 선영이 느꼈던 골목의 섬뜩한 고독은 '쓰레기장 귀신'이라는 하나의 이미지가 아니라 사람들이 가슴 안에 품고 살아온 이름 없는 슬픔들이 아닐까. 아직도 그녀는 그 좁은 틈을 지나온 시큼한 향기가 자신의 몸을 휘감아 돌며 소리마저 집어삼킬 듯한 진공의 영역으로 자신을 끌어당기는 꿈을 꿀 때가 있다. 결벽증보다도 더 집요하게 우리 내면 깊숙한 곳에 존속하는 상처들, 어쩌면 좋은 삶이란 그런 감정들을 너무 늦기 전에 보듬고 헤매며 자그마한 빛이 스며들리란 희망을 놓지 않는 게 아닐까. 그녀가 그런 생각을 하고 있을 때, 창밖으로는 딱딱한 아스팔트를 녹이는 비 냄새가 무거운 분위기를 몰아내며 닿을 듯 말 듯 그 두 사람 사이에서 피어올랐다. 연준은 선반을 살펴보다 어디쯤에선가 악기 하나를 들고 와서 서툴게 음을 연주했다.

"칼림바라는 악기예요. 얼마 전에 가져와서 조금 손을 보았는데 꽤 소리가 괜찮은 것 같아요."

처마에서 떨어지는 빗방울이 발끝에서 흩어지듯이 청량한

소리가 선영의 마음을 적셨다. 그녀는 지난 몇 달간 자신의 세계를 둘러싸고 있던 긴 방황이 이 음악의 선율처럼 맑게 개고 있다는 것을 느꼈다. 그러면서도 폭풍같이 자신을 감싸고 돌던 젊은 날의 고민들처럼, 그 통증들이 어느새 갑자기 지나간 듯 멀고 아득하게만 느껴지는 것이 다소 어색하기만 한 기분이 들기도 했다.

'이 세계 어딘가에는 오늘도 소중한 것을 잃어버리는 사람들이 있고, 더는 소중하지 않아졌기 때문에 무언가를 내려놓는 사람들도 있겠지. 자신에게 의미를 지니는 행동, 자신이 좋아하는 대상이 하나씩 생겨날수록 의미를 지니게 된 그 각각에게 최소한의 사랑도 베풀 줄 아는 사람이 되어야 하는 거야. 그러니까 사랑하면 언젠가는 자신의 그 마음이 때를 알고 사그라드는 불씨처럼 소멸하고 만다는 걸, 선명하게 인지하고 있지 않으면 안 돼. 언제까지나 절정만을 생각하면서 살아갈 수 없는 게 삶인 것 같아.'
선영은 그런 생각을 하니, 어쩐지 마음이 조금 서글퍼진 것 같기도 하면서 더 성숙한 어른이 된 기분을 느끼기도 했다. 동시에 신체가 아니라 마음이 어른스러워지는 일은 그러한 허무함을 인정하면서도 사랑에 대한 의미를 나름대로는 찾기 위해 노력해보는게 아닐까 하고 생각했다.

"비가 오는 것 같아요."
연준이 연주를 마치고 나지막이 말했다. 천장에서는 빗방울이 한 방울씩 툭툭 떨어졌다.

"어머, 비가 새는 것 같아요."

"얼마 전부터 딱 이곳에서만 비가 한 방울씩 떨어지더라구요. 귀신에겐 제법 잘 어울리는 집이죠?"

두 사람은 멋쩍은 웃음을 지었다.

"멋진 연주였어요."

선영이 빗물을 받은 손으로 작게 손뼉을 쳤다.

"그리 어렵지 않은 곡이어서 그래요."

"아름다운 연주는 난이도와는 관계없이 마음을 울리는 법이니까요."

"어쩌면 그럴지도 모르겠네요. 가끔은 평범한 한마디가, 누군가에겐 가장 큰 감동을 불러일으킬 때가 있으니. 이제 우리에 대한 이야기를 해볼까요?"

두 사람은 비의 중심에 서 있는 듯이 수분을 잔뜩 머금은 눈빛으로 서로를 바라보았다.

"좋아요."

"친구에게 쓰고 있다는 편지는 잘되고 있어요?"

"열심히는 쓰고 있는데 오래전 일이기도 하고 아직 뚜렷하게 내가 어떤 부분에 대해서 사과해야 할지 잘 모르겠어요."

"용서를 구해야 할 만한 마지막이었어요? 오히려 그냥 가볍게 연락해보는 걸로 쉽게 해결될 일인지도 몰라요."

연준이 그렇게 말했을 때, 빗방울은 조금 더 두터워지더니 곧이어 마치 그들이 우산을 쓰고 말을 하고 있는 것처럼 가깝게 느껴졌다.

"정확하게 하고 싶어서요. 그러니까 제가 그 친구와 멀어질 때 가장 아쉬웠던 걸 생각하면 자기감정에 솔직하지 못했고 누군가에게 상처가 될까 봐, 아니 정말로 솔직하게 말한다면 나 스스로의 자존심에 해가 될까 봐 꺼내지 못한 말이 많았다는 거예요. 그런 한심함을 인정하면서까지 이야기를 지속할 정도로 성숙한 사람은 아니었으니까요."

"음, 알 것도 같고 모를 것도 같은 이야기네요."

"하하, 그죠? 하지만 이것만은 분명해요. 가까워지는 건 조금 모호하고 서툴러도, 멀어지는 건 정확하고 능숙하게 하고 싶어요."

그런 선영의 말에 연준은 시선을 창밖으로 옮기며 잠시 생각에 잠긴 뒤에 말을 이었다.

"그러니까 다시 가까워지려는 게 아니고 완전히 멀어지기 위해서 편지를 보내는 것이다, 뭐 그런 걸까요?"

"흔히들 지나간 과거는 바로잡을 수 없다고 하잖아요. 근데 제가 편지를 쓰면서 생각해보니, 산다는 게 흘러간 일은 다 묻어둔 채로 애써 자신만 앞으로 나아가는 일로 국한되지 않는 것 같아요. 그러니까 매일매일의 시간들이 '나'라는 사람에 중첩되어 함께 다음으로 나아가는 거더라구요. 울어야 할 일, 사과해야 할 일, 기뻐야 할 일, 이해할 때까지 끈질기게 스스로에게 묻고 답해야 할 일, 그런 것들을 언제까지 모른 척 내 안에 방치해둘 수만은 없잖아요. 사색이랄까, 자아 성찰이랄까, 뭐 그런 것들이 고고한 삶을 위한 액세서리 같은 게 아니라, 그저 잘 먹고 잘 지내기 위해서 꼭 필요한 호흡 같은 거라고 생각하게 됐어요."

— 언제까지 모른 척 내 안에 방치해둘 수만은 없잖아요.

선영은 그 말을 떠올릴 때마다 정확한 까닭을 찾지 못한 채
로 마음이 아려왔다.

"연준 씨는요? 편지를 쓸 대상이 있을까요?"

"네, 저도 지금 쓰고 있어요. 막막하긴 하지만 저도 선영 씨
와 걷고 대화하는 동안 여러모로 떠올린 것이 많아서요."

"제가 대단한 도움이 되었을 리는……."

선영이 부끄러운 듯 맥주 캔을 만지작거렸다.

"사람들이 선영 씨의 비밀에 대해서 무슨 말을 해왔는지 모
르지만, 저는 공기 방울을 만들어낸다든가 반딧불을 만들 수
있다는 게 선영 씨가 지닌 특별한 재능이라고 생각하진
않아요."

"그죠. 뭐, 그건 재능이라기보다는 그저 잡다한 솜씨로 급
조한 학예회 같은 느낌이랄까. 대단할 게 없으니까요."

담담한 어투와 함께 선영은 손끝으로 한 바퀴 원을 그리며
방 안에 공기 방울들을 날렸다. 연준은 그 투명한 구체를
바라보며, 가능하다면 지금 이 빗소리와 오디오에서 흘러
나오는 음악 소리를 그 안에 가둔 채로 영영 메아리치게 만
들 수 있다면 좋겠다고 생각했다.

"초능력이 아니라 '초공감'이라고 해야 하나, 선영 씨랑 이
야기를 하고 있으면 마음을 열게 돼요. 답답하게 얽혀 있던
생각이나 감정들이 곧잘 흘러내려가요. 그건 하늘을 난다
거나 번개를 만들어내는 능력보다 훨씬 뛰어난 종류의 능
력이라고 생각해요."

이내 비는 잠잠해지고, 거리 위로 젖은 물방울들은 밤하늘의 그림자라도 된 듯이 세상의 어둠을 머금고 달빛을 삼키며 온통 반짝이고 있었다.

7.

선영은 온통 땀에 젖어 있었다. 인형 탈 속에서는 산소도 끓어오르는 듯했다. 그녀는 인형 탈을 벗어두고 뜨거운 여름의 노을 아래에서 멍하니 숨을 골랐다.

"언니, 괜찮아요?"

연주가 시원한 물을 건네며 말했다.

"응, 고마워. 이걸로 개성놀이공원과도 안녕이구나!"

"아쉽네요. 언니랑 여기에 앉아서 이런저런 이야기를 나눌 때면 참 좋았는데."

"민성이랑은 요즘 어때?"

"같은 대학에 가려고 열심히 공부하고 있어요. 그 애가 보기보다 로맨티스트여서 요즘은 질투까지 한다니까요."

"좋은 거야. 좋아하는 사람에게 최우선이 되고 싶다는 생각은 누구나 하는 법이니까."

마지막으로 인형 옷을 벗어놓으며 선영은 그간 이곳에서 일하며 느꼈던 보람을 다시 한 번 떠올려보았다. 눈을 감고 인형을 쓰다듬으니 아이들의 수수한 웃음소리가 햇살에 부서지며 그녀의 내면으로 선선한 바람처럼 울려 퍼지는 것이 느껴졌다.

"그동안 감사했어요. 종종 구름이를 보러 올게요!"

"준비하는 시험이나 면접도 전부 다 잘되길 바랄게요. 선영 씨, 그리울 것 같아. 저기 벤치에 앉아서 비눗방울을 날리는 선영 씨 모습이 말이야."

어느새 감독 할아버지의 눈시울이 살짝 붉어져 있었다.

"하하, 감독님, 그치만 안타깝게도 그 트릭은 제가 가르쳐 드릴 수가……."

"괜찮아. 좀처럼 선영 씨처럼 '그런 것'을 잘할 수 있는 사람은 보질 못했으니까."

"아니에요. 그냥 비눗방울인데요, 뭘."

선영은 쑥스러운 듯이 웃었다.

"에헴, 그러니까 내가 말한 '그런 것'이라는 건 퍼포먼스가 아니에요. 여기에서 일을 하는 동안 단 하루도 성실하지 않았던 날이 없잖아. 안 그래? 매 순간 성실함으로 자신이 하는 일에 집중할 수 있다는 건 노력한다거나 최선을 다한다는 말로는 부족하지. 그러니까 음, 무언가 적당한 말을 찾을 수가 없어서 곤란하네. 아무튼 존경하게 될 정도였어. 선영 씨, 다음에 만날 땐 알맞은 단어를 찾아놓았다가 말해 줄게요. 놀라운 수식어도 아깝지 않을 만큼 잘해줬어요."

감독 할아버지가 그렇게 칭찬을 하는 이유에 대해서 선영은 사실 제대로 이해하지 못했다. 하지만 어쨌든 그녀가 그곳에서 머무르는 동안 함께한 사람들을 진심으로 동료이자 친구라고 생각했던 것은 분명하다. 아마도 마음으로 이어져 있었기 때문에 서로의 모자람이나 부족한 점보다 좋은 점이 더 많이 눈에 띄지는 않았을까 하고 짐작만 할 뿐이었다.

선영은 몇몇 회사에 입사지원서를 넣었다. 그리고 이제부터 다시 딱딱하고 차가운 면접장에 차례로 찾아가, 자신이 어떤 사람인지에 대해서 말을 해야만 할 것이다. 그녀는 속으로 그런 시기가 찾아왔다고 생각했다. 자신이 누구인지 머뭇거렸던 시간을 지나 끝내 나는 이런 사람이라고 자신의 목소리를 낼 수 있는 존재로 꽃필 시기가 되었다고 말이다.

한 가지 걸리는 점이 있다면 며칠째 연준에게 소식이 닿지 않는다는 것이었다. 그녀는 자신이 완성한 편지를 받는 이보다도 먼저 연준에게 보여주고 싶었기 때문에 한시라도 빨리 그를 만나고 싶은 마음이 간절했다. 연준이 선영의 연락에 답하지 않는 날이 늘어갈수록 선영의 마음은 시름시름 기운을 잃곤 했다. 어수선한 머리칼 사이로 맑게 웃는 그의 모습이 이제는 얇은 커튼 뒤로 가려진 채 희미하게 느껴질 뿐이었다. 그렇게 한 달이 지나고, 뜨거웠던 여름을 잠재우듯이 가녀린 잎사귀들이 거리 위로 마음을 던지는 계절이 찾아왔다. 선영은 거리에서 독특한 걸음걸이를 볼 때마다 그 뒷모습에서 다른 이의 모습을 보았다. 그러곤 오래전 멀어진 친구에게 보내려고 했던 편지를 날마다 가슴 안에 품고 다니면서, 우체통 앞에 서서 한참을 고심하다 역시나, 먼저 그에게 편지를 보여주고 그것에 관해서 대화를 나누지 않으면 용기가 생겨나지 않음을 깨달았다. 옷깃을 세우고 저벅저벅, 처음으로 밤의 골목에서 두 사람이 마주했던 것처럼 선영은 잡힐 듯 잡히지 않는 생각들을 좇으며 그의 집으로 걸어갔다. 그러면서도 왠지 어째서 연락이 닿지 않았는지를 묻기에는 서먹한 기운이 감돌까 봐, 어떤 말로 그간 자신의 생각을 전해야 할지 좀처럼 적당한 말이 떠오르지 않았다. 하지만 마음이 먹먹해질수록, 자기 자

신에게조차 스스로의 감정을 제대로 설명하지 못할수록 그
녀의 가슴은 뜨거워졌다. 선영은 그 시간을 떠올렸다. 어디
선가 주워 온 의자에 앉아 고막을 크게 진동하는 음악을 들
으면서 자신의 오늘에 남아 있는 몇 가닥의 희망에 대해 같
이 이야기를 나누며, 그 사람의 얼굴을 보고 두 개의 눈 뒤
로 이어져 있는 그 머릿속을 들여다보며 자신의 이름이 어
떤 색깔과 모양으로 존재하고 있을지에 대해서 생각했다.

아무런 인기척도 느껴지지 않는 쓰레기 더미 옆에서 천천
히 걸어와 자신에게 손을 건네준 지난 계절 속의 그 사람,
정성스레 나를 위한 한마디를 고심하며 가끔씩 물끄러미
자신의 옆모습을 바라봐주기도 했던 사람, 선영은 그의 시
선이 그리워졌다. 분명 느끼고 있었지만, 어쩐지 마주 보기
보다 내 눈빛이 닿지 않는 공간에서 그대로 그가 조용히 바
라봐주는 다정함이 좋았던 걸까. 어쩌면 지금도 나는 보지
못하지만 그가 소문처럼 유령이 되어 주변을 맴돌며 나를
지켜봐주고 있을까. 그런 생각들이 가을비처럼 선영의 기
억 속에서는 쏟아지고 있었다. 그의 연락을 마냥 기다리며
아무런 행동도 없이 주저하기에는 선영은 그가 자신에게
전해줬던 그 모든 느낌에 몹시도 목말랐다.

마침내 당도한 연준의 집 앞에서 선영은 호흡을 정돈하고
어떤 표정을 지어야 할지에 대해서 생각했다. 그런데 문을
두드리려고 한 걸음 더 가까이 다가선 순간, 언제나처럼 그
의 집 안에서는 다정한 음악이 그윽하게 흘러나오고 있다

는 것을 깨달았다. 문고리를 당기자 문은 그대로 열렸다. 세상과 그 공간을 가로막던 하나의 벽에 틈이 생기자 음악은 한정된 꿈으로 삶의 모든 것을 내몰아치는 듯이 강하게 그녀의 가슴을 두드렸다. '아직 집으로 돌아오지 않은 걸까?' 그녀는 의아한 생각이 들었다. 연준은 자신의 삶을 지나칠 정도로 단조롭게 살아가고 있었다. 어쩌면 이 시간에 또, 아직 완전히 고장 나지 않은 것들을 찾으러 나간 걸까. 여전히 수많은 사물이 각자의 간격을 유지한 채로 집 안 가득 쌓여 있었지만, 거기에 연준은 없었다.

선영은 늘 연준이 앉아 있던 자리에 앉았다. 오디오에서는 찰리 파커의 재즈가 경쾌하게 울려 퍼지고 있었다. 그녀는 마치 대기실에 앉아서 자신의 차례를 기다리는 출연자가 된 듯이 누군가가 자기 이름을 불러줄 때만을 기다리는 사람처럼 초조한 모습으로 멍하니 주변을 돌아볼 뿐이었다. 그렇게 이십 분쯤 시간이 흘렀을까. 선영은 그제서야 자기 옆에 반듯하게 접힌 종이와 필름 한 롤이 놓여 있음을 알아차렸다. 하지만 천장에서 떨어진 빗물 때문에 종이의 한쪽 구석은 젖었다 마르기를 몇 번 반복한 듯이 다소 훼손되어 보이기도 했다.

조심스레 종이를 열어보니 맨 처음으로 시작하는 문장은 "선영 씨에게"라는 말이었다. 그녀는 가슴이 너무 두근거려서 오디오를 끄고 다시 자리에 앉았다.

8.

선영 씨에게

이렇게 편지를 남겨두고, 제멋대로 사라져버리는 나를 용서해요. 직장에서 새 지역으로 발령을 받았어요. 하지만 저는 별로 다른 곳으로 제 보금자리를 옮기고 싶지 않아 망설이던 때였습니다. 언제나 이곳을 배회하며 밤마다 아직 완전히 고장 나버리지 않은 사물들을 구출하고 그것들을 적당한 위치에 정돈하는 일이 제 삶의 유일한 보람이었으니까요. 하지만 선영 씨를 만나고 깨달았습니다. 제가 왜 그렇게 물건을 수집하고, 고치는 일에 열정을 쏟았는지 말이에요.

마침내 저는 깨달았던 거예요. 저 또한 아직 완전히 망가지지 않은 한 명의 존재라는 사실을 말이에요. 그간 저는 제 삶을 되돌아보고 싶었지만, 그럴 용기가 없어서 자꾸만 외부 세계로 시선을 쏟고 있었는지도 모르겠어요. 제가 그토록 집요하게 물건들을 해부하고 다시 조립했던 이유는 결국, 나라는 인간을 포기하고 싶지 않은 마음 때문이었던 것 같다는 생각도 들어요. 선영 씨, 오디오를 고치려거든 우선 나사를 다 풀고 딱딱한 외부의 표면을 벗겨내야 해요. 하지만 정작 저 자신을 위해서는 그 과정을 실천하지 못해서 자꾸만 다른 것들을 부여잡고 있었던 것 같아요.

선영 씨를 만나고, 대화를 나누고, 선영 씨가 저에게 "당신은 어떤 사람이에요?" 하고 물어봐줬던 순간들 덕분에, 아니 어쩌면 처음 그 골목에서 마주하여 손을 잡은 날부터 저는 제 안에 방치되어 있는 삶의 방향을 다시금 발견해낼 수가 있었어요. 나도 완전히 부서지지 않은 인간이라는 걸, 내 안의 허물어진 나사들을 성급하게 다시 조이기 전에 완전히 다 풀어 헤쳐서 나라는 상자 속에는 과연 무엇이 담겨 있는지, 그리고 그 안에서 제대로 작동하지 못한 채로 켜켜이 먼지만 쌓여가는 공간은 어떤 방법으로 치유할 수 있을지, 온전히 확인해보고 싶은 생각이 들었어요.

한동안은 긴 여행을 떠나려고 해요. 내 안에 멈춰 있던 태엽을 감아줘서 고마워요. 멈추었던 시간이 덕분에 다시 흐르게 됐고, 나른하게 풀려 있던 하루의 무기력함도 덕분에 긴 방황에서 자신의 보금자리를 찾아 편히 쉬게 된 것 같아요. 당신을 바라보는 동안, 가슴이 두근거렸어요. 그 떨림을 나는 언제까지나 기억할 거예요. 그 두근거림은 나라는 인간이 만들어내는 소리가 이렇게나 깊은 울림을 만들어낼 수 있을까 하고 스스로를 놀라게 하기도 했어요.

선영 씨가 이 편지를 읽을 때면 여전히 오디오에서는 음악이 흘러나오고 있겠죠. 마음이 이유 없이 쓸쓸한 날이면 제가 즐겨 듣곤 했던 재즈 음악을 골랐어요. 경쾌한 리듬에 주춤주춤, 조금은 어색한 몸짓이라도 자유롭게 음악에 반응하다 보면 어느새 조금은 후련해진 내가 되어 있더라구요. 오디오라는 말은 재밌어요. 라틴어로 '내가 듣는다'라는 뜻에서 유래했다고 해요. 소리에 관한 표현은 무수히 많지만 '듣고 있어'라는 말은 어쩐지 조금 다정하지 않나요? 우리가 같은 공간에 머무르며 그 많은 음악에 귀를 기울이는 동안 저는 다 듣고 있었어요. 선영 씨의 눈빛, 손가락의 움직임, 도톰한 입술, 리듬에 맞춰 꼼지락거리는 발가락, 재밌는 말을 할 때면 유독 씰룩이는 눈썹, 물건을 쓰다듬으며 눈을 감고 생각에 잠기는 얼굴, 창밖을 바라보는 뒷모습, 셔츠 사이로 드문드문 드러나는 당신의 실루엣, 그 입술을 넘어 내게로 전해져 오는 단어들, 전부 다 듣고 있었어요. 나는 당신을 줄곧, 음악이 흐르는 동안에는, 아니 침묵마저 음악이 될 정도로 깊숙이 당신을 들었어요. 그 모든 소리가 마음의 구멍을 메우는 열쇠가 되어 내 안에 감춰진 태엽을 감고, 중심에서부터 가장자리까지 밀도 높은 외로움들마저 비로소 한 걸음씩 끌어당기는 원동력을 만들어줬어요. 고마워요. 꼭 고맙다는 말을 하고 싶었어요.

어쩌면 모든 걸 여기에 남겨둔 채로 유유히 어딘가로 자신의 삶을 찾아 떠난다는 게 바보 같아 보일지도 모르겠지만 선영 씨, 사람으로 태어난 이상 늘 합리적인 선택만을 하고서 살지는 못하는 것 같아요. 바보 같은 결정을 한다는 건 한 인간에겐 오류가 아니라고 생각해요. 합리적이지는 않아도 그런 선택을 할 수가 있다는 건 우리에게 아직 사랑이라는 감정이 남아 있기 때문은 아닐까요. 빈번하게 실수를 범하고, 많은 후회를 남기며 살아왔어요. 그런 저를 참 많이도 꾸지람했던 것 같아요. 어쩌면 그렇게 조금씩 저는 자신을 미성숙한 인간으로 분류하면서, 회로가 끊어진 시계나 오디오처럼 스스로의 시간과 목소리를 망각한 채로 그저 따분한 장식 같은 것들 뒤로 숨어버린 건지도 모르겠군요.

당신이 이 편지를 읽을 때 나는 어디에 있을까요. 아마 낯선 도시에서 열차를 타고 창밖의 풍경을 바라볼 수도 있을 것이고, 어쩌면 밤의 거리에 앉아 물끄러미 지나가는 사람들의 얼굴을 바라보고 있을지도 몰라요. 별이 빛나는 밤, 새까만 어둠이 내려앉은 골목을 보며 그날의 우리를 떠올릴 수도 있겠죠.

아, 그리고 창문 옆에 있는 화분은 꽝꽝 나무라고 해요. 저는 어김없이 물건을 수집하러 거리를 걷고 있었어요. 그 근방에서는 작업을 하는 인부들이 감자를 구워 먹으려고 불을 피웠던 것 같아요. 그런데 불 속에서 꽝꽝, 하는 소리가 나는 거예요? 다가서보니 이 나무가 있었어요. 불에 태울 때 꽝꽝 소리가 난다고 해서 꽝꽝 나무라고 하는데, 어쩐지 누군가의 불꽃이 되기 위해 몸을 던지기엔 아직 어린 나무라 제가 가져왔어요. 이 녀석도 아직 완전히 망가지진 않았어요. 부디, 선영 씨가 마지막 남은 이 나무를 잘 키워줬으면 좋겠어요.

초여름에 꽃이 피는 나무라고 했는데, 아직 꽃을 피우지 못한 걸 보면 이 녀석은 어쩐지 저를 닮은 것 같아요. 우리 둘 다 더디고 우유부단하고, 누군가가 붙여준 쓰레기장 귀신이니, 꽝꽝 나무니 하는 어설픈 이름으로 불리며 자신이 어떤 향기를 지녔는지도 알지 못한 채로 살아왔는지도 모르죠. 저는 아직 이 나무가 피워낼 꽃의 색깔이나 향기를 몰라요. 언젠가 우리가 이 세계에서 다시 마주치게 되는 날, 그 어두운 골목에 서서 당신에게 그 이야기를 듣고 싶어요.

여전히 확실하게 말할 수 있는 것은 당신의 손이 참 따스했다는 것.
그것을 잊어버린다면 내게 구원을 말할 자격은 없어요.

앞으로도 우리는 타성에 젖어, 오래오래 새벽 동안 온통 길을 잃어버릴 때도 있겠죠. 하지만 나는 믿어요. 당신은 참 따뜻한 사람이라는 걸. 어딘가에는 당신의 그 온기를 필요로 하는 자리가 있다는 걸. 당신의 마음속에도 꼭 나와 같이 멈춰진 시간을 돌려 삶의 원동력을 이끌어내줄 레코드플레이어의 진동과 괘종시계 속 태엽이 존재하고 있다는 걸.

당신은 나에게,

하지만 그 뒤의 문장들은 물기에 젖어 너무 많이 번져버렸다. 읽어낼 수 없는 문장들이 눈물처럼 흘러내리는 걸 보면서 선영은 덩달아 눈물을 글썽였다. 눈을 감고, 그녀는 그 문장을 쓰다듬어보았다. 어지럽게 번진 검은 잉크지만 어쩐지 새하얀 시트러스 꽃향기 같은 것이 느껴졌다. 청량하고 맑은 소리가 그녀의 가슴에 고스란히 전해져 왔다. 그러곤 아직 꽃이 피지 않은 나무에 물을 주었다. 그와 함께 걷던 밤의 거리가 떠올랐다. 어둡고 창백했지만 함께여서 그 공간이 두렵지 않았던 걸음들, 대화 속에서 전해지던 순박한 사람의 진심과 같은 것, 그 모든 기억이 고스란히 양분이 되길 바라는 마음을 담아서 선영은 구석구석 자신의 울음을 나누어줬다.

집으로 돌아오기 전, 선영은 다시금 오디오 전원을 켰다. 빼곡하게 쌓여 있는 레코드 중에서 하나를 꺼내 재생을 했다. 데이브 브루벡의 앨범이었다. 그 앨범은 당시, 4분의 4 박자로만 재즈의 스윙이 가능하다는 세간의 편견을 깨고 4분의 5 박자를 비롯한 다른 박자들로도 충분히 스윙을 만들어낼 수 있다는 걸 증명하여 주목을 받았던 작품이다. 앨범 이름은 《Time Out》. 그와 관련한 이야기 역시 연준에게 전해 들은 것이었다.

그녀는 그 음악을 통해 두 가지를 말하고 싶었던 것이다.

하나는 언젠가 그가 돌아와 문고리를 잡았을 때, 그 안에서 들려오는 경쾌한 음악의 선율로 여전한 온기를 전하기 위하여. 그리고 나머지 하나는, 삶이라는 것이 비록 정확한 박자를 벗어났다곤 해도 충분히 아름다울 수 있다는 깨달음을 열렬히 환호하기 위함이었다.

9.

어느새 그녀는 등을 꼿꼿이 세운 채로 면접장에 앉아 있다. 다시 한 번 그 질문과 마주한 것이다.
"선영 씨, 자신이 어떤 사람이라고 생각하세요?"

마침내 그 물음이 선영의 머릿속을 파고들자 그녀는 자기 마음속에 있던 상자를 과감히 풀어 헤치고 그 안에 꾹꾹 눌러 담겨져 있던 감정들로 풍덩 뛰어들었다.

—산다는 것은 수만 가지의 몸짓인 거지. 어쩌면 잘 지낸다는 건 내 마음에 위배되지 않는 몸짓을 행하는 일에 지나지 않을 거야. 하지만 그게 어려운 거지. 아주 단순하지만 그걸 지켜내기가 어렵기 때문에 우리는 방황하는 거야. 그래서 나는 어떤 사람이지? 내가 되고 싶은 것과 지금의 나 사이에는 얼마나 많은 간격이 벌어져 있는 거야? 아니, 나는 무엇이 되고 싶지? 무엇을 위해서 그런 고민을 하는 거지? 그래, 맞아. 내 질문의 절반은 나를 위함이고, 내 질문의 나머지 절반은 나를 소중히 생각하는 사람들을 위한 거야. 생각해보면 그냥 나는 자유롭고 싶었던 것 같아. 밀어내도 은근히 풍겨져 나오는 열등감의 향기를 맡고 있으면 나는 생기를 잃고 어딘가로 숨고 싶어. 어째서 사랑했던 것들과 이렇게나 멀어져버렸을까 고민해보면, 그건 핑계를 댈 것도 없이 내가 내 감정에

솔직하지 못했던 탓이라고 생각해. 어쩌다 내가 어른의 몸을 지니게 됐을까. 나는 아직 연약해. 하지만 힘들다는 말을 하면 돌아오는 건 너만 힘든 게 아니라는 말뿐일까 봐 두려워. 그 사실이 못내 아쉬우면서도 그 모든 짐이 어쩌면 내가 더 노력하지 않아서인가 하는 자책들이 찾아와서 때때로 외로운 것도 사실이야.

그럴수록 더 말하기가 어려워지는 것 같아. 나는 혀를 가지고 있고, 입술을 가지고 있고, 목소리를 포함한 기관들을 지니고 있는데. 그것으로 공기를 진동할 방법을 알고 있고, 언어라는 도구를 다룰 줄 알아. 하지만 나는 왜 내 감정에 솔직할 수 없는 거야. 침묵이 몸짓을 이해하려면 도대체 얼마나 많은 경험이 필요할까. 경솔한 잡담 속에서 농담처럼 분해되긴 싫어. 나는 평생을 나로 살았지만 어쩌면 그건 괄호 안에 속해 있던 나였을지도 몰라. 이제는 그 벽을 허물고 진정 내가 누구인지를 묻고 답할 시기라고 생각해. 그러기 위해서 나는 말해야만 해. 발음해야만 해. 내 마음의 진실을, 내가 바라보는 세상을, 내가 믿고 있는 의지를. 음, 적당한 말을 찾기 위해선 어떻게 해야 할까. 내 안에 어떤 장치를 작동하면 솔직한 나, 진정한 나로 거듭날 수 있을까. 외부의 시선에 아랑곳 않고 그저 자유롭게 사고하는 나만의 행복을 좇아보고 싶어. 그런 내가 되고 싶어. 이런 기분이 내 안에 여전히 존재하고 있다는 것이 놀라울 정도야. 인생을 즐겁게 살아가야 할 나만의 동기는 뭐지. 현기증이 난다고 해도 집요하게 알고 싶어. 가슴이 두근거려서 도저히 몸과 마음으로 표현하지 않고서는 견디지 못하는 그 벅참, 그 가득 찬 분위기로 현실의 장애물을 몽땅 넘어버리고 싶어. 행복한 인생이라는 건 너무 추상적이지. 그 모호한 감각을 분명하게 짚어내기 위해서라도 나는 나에게 솔직한 인간이 되어야 해. 그러기 위한 조건을 갖춰야 해. 음악을 듣고 있으면 절로 몸을 움직이고 싶은 욕구에 취하듯이, 절로 흥에 겨워 뿜어져 나오는 생에 대한 기쁨. 나는 그런 것들을 주렁주렁 몸에 휘감고, 긴장이나 두려움 같은 것들이 다가올 때마다 가뿐하게 스윙 재즈를 즐기듯 순간에 활기를 부여하고 싶어.

그래, 맞아, 내 삶의 활기! 그걸 부여하는 결정적인 요소는 박자를 밀고 당기듯 매 순간 그것과 나 사이에 간격을 유지할 줄 아는 태도인 거야. 솔직하다는 건 느껴지는 바를 전부 다 말하는 게 아니야. 내 감정의 진실함을 지켜낸다는 것은 내 마음을 타인에게 전부 이해해달라고 고래고래 소리를 지르는 일과는 다른 거야. 일기를 쓰듯이 적어두자. 대신에 그 마음가짐을 마냥 숨기려고 하진 않는 거야. 이따금 괄호 속에 심어둔다고 해도 그리 문제될 것은 없어. 슬픔, 기쁨, 서운함, 사랑, 그리움 같은 감정들을 양분으로 삼아 지면으로 솟아오르는 거지. 세상은 여전히 불완전하겠지만, 내가 만든 괄호 안에서만큼은 나는 자유로운 거야. 그리고 질서를 찾자.

더 이상 나는 내 감정을 이 세계에서 배제하지 않아. 왜 곡된 해석으로부터 작별을 고할 거야. 조금 알 것 같아. 이해라는 말, 그러니까 타인에게 이해받는 일은, 내가 내 진실을 가슴속 깊은 곳에 붙잡아두기만 해서는 가능할 수가 없는 거야. 적어도 너만은 나를 이해해줬으면 좋겠 어, 라고 생각하면서 불현듯 침묵에 봉착한 관계가 되기 는 싫어. 너만은 나를 이해해줬으면 좋겠어, 라고 말할 거야. 만약에 그럼에도 언어로 표현할 수 없는 감정들이 있다면 손을 잡고 같이 걸을 거야. 산책이라는 형식은 사 람이 사람을 이해하는 가장 아름다운 비유법이라고, 나 는 그렇게 믿으며 이제는 내 삶에 누군가를 초대할 수 있을 만큼 또박또박 내 이야기를 표현해나갈 거야. 나는 이제 무엇이든 될 수가 있어. 나는 정상이라는 궤도를 벗 어난 소행성이야. 이 우주를 가르며 새로운 한 사람의 역 사를 만들어갈 거야. 삐딱하다거나 곡예를 부리는 것 같 다고 비아냥거려도 개의치 않을 만큼 사랑을 말할 수 있 는 사람이고 싶어. 가능한 한 솔직하게, 이 세상을 살아 가면서 되도록 아끼는 것에 자주 애정을 쏟으면서 움켜 쥘 거야, 내 삶을. 보듬어줄 거야, 내 삶을. 건드리고, 쓰 다듬고, 문지르고, 어루만지면서 콕 짚어낼 거야. 내가 말하고 싶은 내 감정을. 내가 살고 싶은 내 인생을.

이 같은 독백이 그토록 선명하게 가슴을 두드릴 때 선영은 그렇게 외치고 싶었다. "이 삶을 고스란히 사랑할 수 있도 록 나라는 인간을 전부 분해해서 세포 하나하나에 이르기까지 처음부터 들여다보고 싶습니다"라고. 하지만 그녀는 이제 자기감정을 어떻게 전달해야 그것이 왜곡되지 않는지를 알고 있는 듯했다.

그리하여 "저는 모자란 부분이 많지만 앞으로 더 나아질 가능성이 훨씬 큰 사람이라고 생각합니다"라고만 답했다. 그 무렵, 그녀에겐 자신의 모자람도, 지금보다 더 성숙한 인간이 될 수 있다는 바람도 모두 똑같이 소중했기 때문이다.

작업
노트

꿈이라고 할 만한 거창한 것은
지니고 있지 않다

어린 시절로 돌아간다면 급훈으로 '큰 꿈을 가져라'라는 말
대신 '따뜻한 인간이 되자'라는 문구를 추천했을 것입니다.

초능력이 있습니다,
비록, 쓸모는 없지만

초능력자라고 해서 항상 그 능력을 세계를 구하는 데 사용해야만 할까, 어느 날은 뭐 그런 생각이 들었답니다. 만약에 나에게 초능력이 생긴다면 사람의 기분을 밤하늘에 반사해서 은하수로 만들 수 있는 능력이었으면 좋겠습니다. 늘 그런 느낌을 받았거든요. 노을이 선명한 날마다, 사람들의 마음속에는 쓸쓸한 일이 참 많았겠구나 하는. 풍경을 바라보고 있으면 절로 반성하게 됩니다. 이유는 모르겠지만, 더 나은 인생을 살아보고 싶어요. 그렇다고 지금의 내가 지극히 초라하다는 것은 아니지만. 내일은 감정적으로 조금 더 성숙한 하루를 살아야지 하는 두루뭉술한 다짐 같은 것들이 내 안에서 솟아나곤 했거든요. 만약, 언젠가 밤하늘에 크리스마스트리 모양으로 별들이 운집하는 날이 있다면 마침내 제가 초능력자가 되었다고 생각해주세요.

"너무, 평범한."
하지만 어째서 부정의 의미처럼 다가오는 걸까

"이건 너무 평범하잖아, 안 그래?"라고 말하면서도 그게 뭐 특별히 나쁜 건가 하는 생각을 지울 수는 없습니다. 사실 나를 이루는 대부분의 정서가 만들어진 장소는 그처럼 '너무 평범한'이란 느낌의 고향이었는데 말이에요. 마찬가지로 오늘날 내가 밥을 먹고, 대화를 나누고, 글을 쓸 수 있는 것은 그와 같은 평범한 나날 덕분이라고 확실히 말할 수가 있겠습니다. 그런 의미에서 오늘은 '너무, 평범한'이란 말을 긍정의 뜻으로 승화시켜볼까요. 오늘 하루도 지나칠 정도로 너무 평범했어요. 그건 내 삶에서 다른 무엇으로도 보상받을 수 없는 사치와 허영인 것 같아요. 나는 너무 평범해요. 오늘은 참 평범한 하루였어요. 이 얼마나 아름다운 말인지.

잡히지 않는 나비를
잡아보려

동의어가 있다면, 언젠가 내게서 멀어지는 당신의 눈빛 같은.

도시 전설,
쓰레기장 귀신

동네마다 그런 전설이 있잖아요. 괴담 같은 것. 운동장에 있는 세종대왕님 동상이 자정마다 책을 한 장씩 넘기면서 마지막 페이지까지 다 넘기면 갑자기 일어서서 방귀를 뿅 뀌고는 주변을 슥 둘러보는데 그때 눈을 마주친 사람은 나무로 변한대요. 학교 화단에 심어져 있는 나무들은 다 방귀소리에 놀라 눈을 마주쳐버린 선배들이었다는데……. 물론 동네마다 조금 다를 순 있겠지만요. 역시나, 괴담이란 공포의 한계점을 늘려가며 바로 눈앞의 두려움을 완화해주는 것이라고 생각합니다. 혹시나, 어두운 골목을 지나게 될 때면 새벽에 슬그머니 책장을 다 넘기고 일어서서 방귀를 뿅 뀌는 세종대왕님을 생각해보세요.

역시나 사람의 말투란 그 사람에게서
드러나는 인상을 압도하는 경향이 있다

사람이 지닌 음색은 지문만큼이나 고유하고 확실한 것이어서, 어쩌면 신분을 증명하는 장치들보다 훨씬 더 선명하게 자기다움을 드러내는 것 같아요. 가끔 친구가 어떤 단어를 발음할 때 만들어내는 소리가 좋아서, 대화를 잠깐 멈추고 그 단어를 한 번 더 말해달라고 부탁해요. 얼마 전에는 아마 구름이었던가. 그 친구가 "구름이다!"라고 말할 때 느껴지는 모든 게 좋았어요. 구름, 언제부턴가 햇살을 가리는 장애물이 아니라 내게는 무엇보다 보드라운 촉각으로 남아 있는 그 단어.

그저 이 모든 상황으로부터
도망가고 싶다는 생각을 하면서

최근의 경험담으로는 열심히 뛰어서 버스에 올라탔는데 지갑을 집에 놔두고 왔고, 버스는 이미 출발해서 다음 정거장으로 가는데 주머니에 돈은 없고, 기사님은 눈치를 주고 버스 안에 사람은 많고, 그렇다고 모르는 사람한테 돈을 빌릴 수도 없는 일이고, 내 주머니가 놀이터 바닥도 아닌데 자꾸만 구석구석을 살피며 코 묻은 돈이라도 어디 있지는 않을까 간절하게 희망했던, 그런 순간이랄까. 아참, 결국 "돈을 안 가져왔어요" 하고 다음 정거장에서 내렸는데 그때 창문 너머에서 쏟아지는 사람들의 시선은 또 어찌나 민망한지 허허.

좋아하면 돼. 하지만 좋아하지 않는 걸 좋아하라고 하는 건
말이 안 돼. 그건 이치에 맞지 않아. 불합리한 거야

생각해보면 어렸을 적 내 꿈은 엄마, 아빠의 꿈이었던 것
같아요. 일찍이 부모님이 그 꿈을 포기해주셔서 다행히도
제 꿈을 이룰 수가 있었습니다. 엔지니어보다는 글 쓰는 사
람이 내 적성에 맞아요. 무언가를 고친다는 것은 똑같지만,
나는 기계보다 문장을 가치 있게 만드는 일에 더 큰 보람을
느끼니까요.

애매한 건 고백이 아니야,
그건 그냥 좋아한다는 감정에 허기진 것뿐이지

때로는 그런 시기도 있었죠. 당신이어서가 아니라, 누구라도 좋으니 그저 내 마음을 집중할 대상이 있었으면 하고 가여운 생각을 품어보기도 했던 그런 시절이.

꼭 필요한 것은
날마다 여기에 없다

흰색 기본 티셔츠는 질릴 정도로 산 것 같은데 매번 입으려
고만 하면 없습니다. 친구가 집에 놀러 오는 날이면 그 많
던 칫솔은 전부 다 어디로 사라지는 걸까요.

인지 부조화란 아주 쉽게 설명하면
자기 합리화로 무언가를 부정하고 있다는 말이에요

조금씩 깨달아가는 것이 있다면 나 스스로가 나를 다루는 방법에 능숙해지고 있다는 점입니다. 어떻게 하면 내가 상처받지 않을지에 대해서 어느 정도 가늠할 수 있게 됐고, 어떻게 하면 이 불안감을 해소할 수 있을지에 대해서 나름의 방법들을 고안해가고 있지요. 그러면서도 드문드문 마음이 많이 아려오곤 합니다. 이렇게까지 해야 하나. 내 삶의 의미를 확보하기 위해서 정작 나 자신에게는 이렇게까지 차가운 인간이 되어야 하나. 뭐 그런 생각들이 머리를 복잡하게 만든다고나 할까요. 아마 그래서 꼬박꼬박 일기를 쓰는지도 모르겠네요. 거기에선 다 내려놓아도 괜찮으니까요. 하지만 어떤 때는 일기 속에서조차 내 감정을 조금 더 멋들어지게 포장하려는 나를 발견하기도 해요. 참 우스운 일이죠. 사실은 그럴듯하게 보이려고 너무 애쓰지 않아도 되는데, 그게 참 어려워요. 알고 보니 나에게 솔직한 사람이 되는 게 그렇게나 어려운 일이더라구요. 이 소설은 그런 모든 '나'를 위해서 쓴 글이에요.

진정 알 수 없는 일들이 일어나는 장소는
이 도시가 아니라 자기 마음의 깊은 영역이진 않을까

가끔, 내 마음엔 너무 큰 구멍이 있는 것 같아요. 앙상한 가
지에도 언젠가는 꽃이 피겠죠? 부디, 그렇다고 말해줘요.

자신을 위해 그가 행하는
몇 안 되는 배려

매일 한 시간가량 달리는 일을 게을리하지 않고 있어요. 달리기는 낭만과 불안을 저울질하지 않도록 내 안에서 기울어져 있는 느낌들에 균형을 선사하는 일이거든요. 나에게 '달리기'라는 행위는 몸짓을 통해 마음의 원동력을 만들어내는 놀라운 시간이에요.

오디오에 적당한 음량으로 음악을 틀어놓으며 말했다.
"다녀올게."

부모님으로부터 유독 "안녕히 다녀오세요"와 "안녕히 다녀
오셨어요?" 이 두 가지 인사는 철저하게 교육받았거든요.
어렸을 때는 몰랐어요. "다녀올게"라고 말할 대상이 있다는
것 자체가 행복한 일이라는 걸. 혼자서 살고 있는 나는 그
고요함을 사랑하면서도 가끔 그 말이 하고 싶어지더라구
요. 오늘도 잘 다녀올게. 나중에 봐!

침묵이 둘 사이에 어떠한 말도 전해지지 않는
진공의 벽처럼 내려앉아 있었다

요즘은 흔히 마주치곤 해요.
사람 사이에 있는 그 진공의 벽.

아름다운 것을 눈앞에 두고도
퓨즈가 나간 전등처럼
홀로 무표정한 기분이 들었기 때문이다

진정 강인한 사람이란 기쁠 때 실컷 웃을 수 있는 사람, 그리고 슬플 때 함께 진심의 울음을 나눌 수 있는 사람은 아닌가요.

그것이 바로 유원지의 매력이다.
우리는 모두 그러한 놀이공원을 자기 마음속에 하나씩
지니고 있다. 선량하고 순수한 느낌들만이 즐비한 자리가
누구에게든 펼쳐져 있는 것이다

언제나 내 마음 한구석에는 유년의 수수함을 잊지 않도록
설계된 스위치가 있거든요. 현실에 너무 지친 날이면 아무
도 몰래 그 스위치를 작동해요. 키가 작고 내성적이지만 혼
자 창가 자리에 앉아 늘 일어나지 않을 상상을 하며 웃음
을 참던 조그마한 어린아이가, 여전히 선선한 미풍이 불어
오는 그 창을 바라보고 있어요. 피로를 모르고 사랑에 몸을
담글 수 있을 만큼 당돌한 그 아이가 여전히 내 안에서 무
언가를 끄적이고 있어요.

있잖아, 단짝 친구가 없는 소녀는 가끔 자기가
빈방에 홀로 남겨진 인형 같다고 느낄 때가 있거든

내 청춘의 보석함 속에서도 가장 많은 자리를 차지하고 있
는 너라는 사람.

어둠을 얇은 실로 엮어 한 올 한 올 손수
새까만 야간의 시간을 응축해놓은 듯한 그 골목

이 작품에서 골목이란 우리가 자주 지나가지만 그 서늘함의 의미를 제대로 인식해본 적은 없는 장소로 묘사됩니다. '골목'은 실재하는 관계나 상황일 수도 있고, 어쩌면 내 마음의 상자에 꽁꽁 묶인 채로 잊히고 있는 슬픔일 수도 있겠지요. 문학을 읽는다는 것은 그런 마음속의 골목과 어둠을 자기만의 언어로 번역하는 과정이라는 생각이 들어요. 그 불분명한 슬픔을 지나 경계를 허물고 그 너머의 세계로 걸음을 옮기는 것, 저는 그것이 이 생을 사랑하는 방법 중 하나라고 믿습니다.

"인생은 작은 한 걸음들이 모여서 거대한 슬픔에 대항하는 일이다."

내 청춘의 골목 한편에는 언젠가 그런 문장이 쓰여 있던걸요. 내 경우 살아가는 일이란 확신을 가진 하나의 행동이 아니라, 머뭇거려도 계속해서 두드려보는 아슬아슬한 걸음들이 더 놀라운 변화를 가져다줬던 것 같습니다.

음악을 들으면 있잖아요.
껍질을 벗는 듯한 기분이 들어요

데이브 브루벡(Dave Brubeck)의 〈Take Five〉를 들으면서 다시 한 번 이 소설의 마지막 에피소드를 읽어보시길.

고장 난 거랑은 달라요. 그 눈빛이 닿는 동안 살았고,
그 눈빛이 자신에게서 떠남으로써 자신도 눈을 감는 거예요.
삶을 온전히 완주하고서 그 끝에 당도한 거죠

완주하는 것과 사그라지는 것은 전혀 다른 느낌이지요. 사
랑도, 인생도 고장 나 멈춰버린 것이 아니라 그 눈빛이 닿
는 동안 살아서 온전히 완주하며 기쁨의 눈물을 쏟을 수 있
는 시간의 장이기를 꿈꿉니다. 어쩌면 너무 막연한 바람일
까요. 하지만 때가 되어 애매한 관념이 확고한 신념으로 날
아오르는 날, 내 삶의 걸음은 또 얼마나 가볍고 경쾌한 소
리를 만들어낼까요. 무척 기대됩니다. 앞으로도 나의 인생
이란.

결국 사람이란 아주 간신히 지켜내고 싶은
자신의 마지막 행복을 위해
그 모든 희생을 감수할 수밖에 없구나

생각하는 방식의 차이라고 할 수 있겠지요. 도대체 '그것'
이 뭐라고 다른 건 다 내팽개치고 그것에만 몰두하는 거야,
라고 생각할 수 있습니다. 하지만 반대로 생각해보면, 그러
니까 오직 '그것'이었기 때문에 다른 것들이 다 내 곁을 떠
나는 와중에도 나는 견딜 수가 있었구나, 라는 의미도 되지
않을까요? 인생에서 모처럼 그만한 몰입을 경험하는 건 쉽
지 않지요.

쏘아 올린 불꽃 아래에 서 있으니,
이 계절을 완성하는 것은 그 풍경의 아름다움을
읽어내고 있는 내 시선이라는 생각이 들어요

아름다운 소리를 듣는 것. 문장을 읽고 내 안에서 다른 형
태로 옮겨 적는 것. 잊을 수 없는 사람을 만나 한사코 온 마
음을 표현하는 것. 유유히 흘러가는 풍경을 보며 오늘 나의
하루를 가만 조망해보기도 하는 것. 세상은 내가 느끼는 대
로 작품이 됩니다.

그 순간은 그들이 살아온 모든 순간과도 바꿀 수 없을 만큼 명료한 것

늦은 밤, 마감 시각이 다가오는 카페에서 이미 비워버린 커피 잔을 만지작거리며 당신이라는 이미지와 나라는 사람의 거리를 조금씩 좁혀가던, 조용하고 서툰 몸짓들이었으나 오직 우리 둘에겐 우주적인 사건으로 기억될 만한, 그날의 분위기.

웃어요.
언제나 가장 소중한 것은 바로 지금 이 순간!

순간이란 단어는 눈의 깜박임이란 뜻에서 유래했습니다.
그토록 짧지만 강렬한 시간이 바로 순간이지요.
연출된 시간이 아니라, 우연히 우리 눈앞에 드러난 시간.
과거와 미래 사이에 존재하는 지금 이 순간이라는 찰나의
갈피.

언제나 조금은 낯설고, 늘 무엇보다 빛나는
움직이지도 멈춰 있지도 않는
소중한 지금,
우리만의 바로 이 순간.

무엇 하나 확실히 내 것으로 만들지 못해 전전긍긍,
매일을 아쉬움과 손뼉을 치며 맞이하는 새벽에 조용히
일기장 속의 낱말들로 간신히 잠을 청해보기도 하는

아무렇지 않을수록 일기를 써야 합니다. 자신의 마음이 정
말로 다 괜찮은지, 아니면 자기 스스로 괜찮아야 한다고 곧
이곧대로 정해버린 건 아닌지. 이를테면 슬픔과 기쁨을 수
반하는 감정에 다분히 피로해지는 순간, 펜을 잡고 일기를
써야 합니다. 적어도 그 안에서만큼은 울어야 바깥에서 아
무렇지 않을 수 있습니다.

**내 삶의 남은 나날들이 꼭 아름다웠으면 좋겠다는 바람은,
지나온 시간들도 흔쾌히 사랑할 수 있을 때
가능한 말인 것 같아요**

때때로 그런 생각이 들어요. 현재에 물들 수 있는 건, 마음에서 자꾸만 뒤를 돌아보게 하는 사건이나 감각이 없을 때 가능한 것은 아닌가 하고. 때때로 후회는 강물처럼 흘러가지 않고 어느 겨울 눈송이처럼 조용히 쌓여가는지도 모르겠네요. 하지만 우리가 살아가며 인생의 어느 부분은 빼놓은 채로 나의 삶을 이야기할 수 있을까요. 그렇게 아래에서부터 차츰차츰 소복이 쌓아 올린 것이 바로 나라는 사람일 텐데. 얼어붙은 대지가 오래전의 기억이라면, 그것에 포근한 햇살을 내려주는 것은 오늘의 자신이 되어야 한다고 믿습니다.

마음은 과거를 향해 있는데 몸은 미래로 나아가려고만 하니
서글플 수밖에 없었던 거지

시간은 언제나 정확한 뜻을 짚어주지 않고, 에둘러 말을 하곤 했지요. 하지만 때로는 이렇게 말하고 싶었던 날도 있습니다. 너무 실망하지 않을 테니, 그렇게 둘러말할 것 없이 있는 그대로를 알려달라고. 언제나 나는 청춘의 담벼락 너머에서 세월이 차가운 시간의 틈을 기어오르는 소리에 쫑긋 귀를 기울이고 있었지만, 그리고 그 사실을 다 알면서도 그저 아리송한 몇 개의 단어들을 남겨둘 뿐인 그 시절의 속셈이 여간 서운한 게 아니었답니다.

비가 오는 것 같아요

문득 그날을 떠올리면.

자신의 목소리를 낼 수 있는 존재로
꽃필 시기가 되었다

"물고기로 만든 음식을 별로 안 좋아합니다." 그렇게 말하면 대단히 실망스러운 눈빛으로 '어떻게 그걸 안 좋아할 수가 있어요?' 하는 반응을 보이는 사람들이 있습니다. 하지만 나는 태어나 한 번도 당신에게 왜 다자이 오사무의 책을 읽고 눈물을 흘리지 않았느냐고 나무란 적이 없는데, 어째서 당신은 취향에 그렇게 선을 긋는 것이지요?

꽃이 핀다는 말에서 당신은 봉오리에 맺힌 꽃을 그리겠지만, 누군가는 낙화하는 꽃의 이미지를 떠올릴 수도 있는 법이거든요. 자신의 목소리를 낼 수 있는 사람으로 성장한다는 것은 다른 말로 누구에게나 자신만의 목소리가 있다는 걸 알게 되는 것이라고도 할 수 있겠습니다.

소리에 관한 표현은 무수히 많지만
'듣고 있어'라는 말은 어쩐지 조금 다정하지 않나요?

때로는 굳이 듣고 있다고 말하지 않아도 눈빛으로 전해지는 그 온기에 마음이 온통 자유로워집니다. 진정 고마운 말이란 글자를 담아내는 소리에 국한되지 않고, 어떤 방식으로든 서로를 이어주는 것이 아닌가요.

언젠가 내 앞에서 옅게 고개를 끄덕이던 얼굴과 파르르 떨리던 속눈썹 같은 것들이 어떤 단어보다 고마운 말로 기억되고 있답니다.

듣고 있어. 그렇게 말하면서 바라보는 눈빛에서는 어쩐지 어지간해서는 닿을 수가 없는 촉감이 느껴지는 것 같아요.

당신의 마음속에도 꼭 나와 같이 멈춰진 시간을 돌려
삶의 원동력을 이끌어내줄 레코드플레이어의 진동과
괘종시계 속 태엽이 존재하고 있다는 걸

축음기가 레코드를 재생하게 만드는 전류의 흐름이라든가,
초침에 일정한 운동에너지를 전달하는 시계의 원리에 대해
서는 그리 자세히 아는 바가 없습니다. 하지만 우리는 지금
음악이 흐르고 있다는 것을 들을 수 있고, 시간이 흐르고 있
다는 것을 알 수 있지요. 때때로 '깨달음'은 낱낱이 알게 됐
기 때문이 아니라, 그저 풍부하게 느끼고 있기 때문에 전해
지기도 한답니다. 멈춰진 시간을 돌려 삶의 원동력을 이끌
어내줄 그 '무언가'를 우리는 정확한 사고가 아니라, 여기
내 안에 가득 차오르는 감각을 통해서 경험하는 것 같아요.

삶이라는 것이 비록 정확한 박자를
벗어났다곤 해도 충분히 아름다울 수 있다는
깨달음을 열렬히 환호하기 위함이었다

이를테면 재즈에는 '스윙'이라는 용어가 있지요. 음악에 역
동성을 부여해서 감정의 호응을 이끌어내는 리듬감을 말합
니다. 정확한 박자를 무시하고 음정이 조금 어긋나도 이 스
윙이 느껴진다면 사람들은 어느새 그 음악에서 매력을 읽
어내곤 한답니다. 이 소설을 쓰면서 정답이란 항상 고정되
어 있지 않고 그것을 바라보는 개인의 리듬감에 따라 그 모
습을 달리하는 것이 아닌가, 하는 생각을 종종 했답니다.
마찬가지로 나로서는 대단한 작품을 쓰겠다거나, 모든 이
에게 인정받고자 글을 써 내려가는 것은 아닙니다. 다만 정
확한 박자를 빗겨 나간 음악 속에서 스윙이라는 감정의 움
직임을 경험하듯이 소소한 한 편의 이야기로 마음에 작은
물꼬를 터주고 싶었다고나 할까요. 분명 이 소설 속에도 나
름대로의 스윙이 존재할 것입니다. 어떤 박자에서 어떤 리
듬에 마음을 맡기며 읽어나갈 것인지는 각자의 몫이지요.
부디, 당신의 삶 속에서 이 한 권의 책이 유쾌한 스윙의 기
록으로 기억되기를 바랄 뿐입니다.

침묵이 몸짓을 이해하려면
도대체 얼마나 많은 경험이 필요할까.
경솔한 잡담 속에서
농담처럼 분해되기 싫어

불필요한 말이 사라진 자리에서 따뜻한 온정이 자라는 것
같아요.

절로 흥에 겨워 뿜어져 나오는 생에 대한 기쁨.
나는 그런 것들을 주렁주렁 몸에 휘감고,
긴장이나 두려움 같은 것들이 다가올 때마다
가뿐하게 스윙 재즈를 즐기듯 순간에 활기를 부여하고 싶어

이 문장을 쓰고 있을 때, 새하얗게 눈 내린 내 마음에 뽀도
독 당신의 발자국 소리가 들리는 듯했어요.

삐딱하다거나, 곡예를 부리는 것 같다고 비아냥거려도
개의치 않을 만큼 사랑을 말할 수 있는 사람이고 싶어.
가능한 한 솔직하게, 이 세상을 살아가면서 되도록
아끼는 것에 자주 애정을 쏟으면서
움켜쥘 거야, 내 삶을. 보듬어줄 거야, 내 삶을.
건드리고, 쓰다듬고, 문지르고, 어루만지면서 콕 짚어낼 거야.
내가 말하고 싶은 내 감정을. 내가 살고 싶은 내 인생을

감정에도 움직임이 있다고 믿습니다. 인생이란 육체와 마음이 서로 상호작용하며 균형을 찾아나가는 시간의 기록이겠지요. '선영이의 거짓말'이란 하나의 사건에 국한된 이야기는 아닙니다. 글을 읽다 보면, 그래서 도대체 선영이가했던 거짓말은 무엇일까 하는 의문을 품게 되기도 할 것입니다. 그녀가 어떤 거짓말을 했다고 친절하게 기술하지 않은 이유는 그것이 사전적인 의미로 사실에 어긋난 무엇만을 뜻하지는 않기 때문입니다. 어쩌면 나는 이 이야기를 통해서 자기감정에 솔직하지 못했던 순간들에 대한 위로의 과정을 찾고 싶었던 것 같기도 합니다.

'선영이의 거짓말'이란 자기감정을 변호하기 위해 그간 쌓아 올린 벽이면서 공교롭게도 그 과정에서 스스로가 묵인해버린 자신의 마음이라고 할 수 있습니다. 선영은 주변 인물들과 대화를 나누면서 표면적으로는 타인을 위로하는 듯하지만, 결국 그 위로의 대상이 자기 자신임을 어렴풋이 느끼게 되지요.

이 소설에 등장하는 개인의 크고 작은 고민들을 통해서 진심으로 누군가의 마음을 안아주기 위해서는 필연적으로 자기 내면에 있는 슬픔 또한 마주할 수밖에는 없다는 것을 전하고 싶었습니다.

'현재의 나'라는 인물은 충실하게 쌓여온 과거의 연장선에 서 있다고 생각합니다. 그렇기 때문에 사람이란 그리 쉽게 변할 수 있는 존재는 아닌 거겠지요. 하지만 그렇다고 해서 앞으로의 삶이 꼭 지난 과거처럼 지속될 거라고 지레짐작해서는 안 될 일입니다. 이를테면 자기 삶에 대한 거대한 자만은 곧 나라는 인간을 과거라는 틀에 가둔 채로 희망의 끈을 놓아버리는 일이지요. 가능한 한 올곧은 방향으로 살아가려는 부단한 자기 고민이 없이는 내 안에 멈춰 있는 태엽에 동력을 전할 방도도 없습니다. 살아가다 보면, 계속해서 나라는 시간 속의 태엽을 감으며 나아가다 보면, 언젠가는 그 방황의 시간도 날아오르기 전에 주춤했던 일련의 부화 과정으로 숭고해지는 나날이 찾아오겠지요.

나를 돌아본다는 말의 진정한 의미는 스스로의 감정에 진솔한 태도로 따뜻한 시선을 건네지 못했던 나날들에 대한 돌봄일 것입니다. 때때로 너무 절실했던 시간은 나를 많이 아프게 했지만, 돌아보면 오히려 스스로를 괴롭혔던 것은 '있는 그대로의 나'를 받아들이지 못했던 내 마음인 것 같습니다.
낭만으로 기꺼이 사랑하고 아낌없이 부서지던 순간들은 이제 자꾸만 아련해질 뿐이고 여전히 살아가며 방황은 시시때때로 우리를 흔들어놓기도 하겠지만, 나 자신에게 솔직할 때 비로소 개선의 환경도 열린다고 생각합니다. 그리하여 내게 주어진 생이 사랑이었다고 자신 있게 말할 수 있는 근거가 나라는 시간의 역사이길 바라겠습니다.

당신이 살아가는 오늘과 당신의 마음이 향하는 시간이 같은 시점이길 바랍니다. 괄호 안에 숨어 있던 모든 '나'에게 마침내 따스한 밑줄을 그어줄 수 있는 나날이 찾아오기를 바라며 이 글을 마칩니다.